달빛 조향사 4

가프 현대 판타지 소설

초판 1쇄 찍은 날 § 2021년 10월 15일
초판 1쇄 펴낸 날 § 2021년 10월 22일

지은이 § 가프
펴낸이 § 서경석

총괄팀장 § 노종아
편집책임 § 박현성
디자인 § 스튜디오 이너스

펴낸곳 § 도서출판 청어람
등록번호 § 제387-1999-000006호
등록일자 § 1999. 5. 31
어람번호 § 제1-3160호

주소 § 경기도 부천시 부일로 483번길 40 서경B/D 3F (우) 14640
전화 § 032-656-4452 팩스 § 032-656-4453
http://www.chungeoram.com
E-mail § chungeorambook@daum.net

ⓒ 가프, 2021

ISBN 979-11-04-92390-6 04810
ISBN 979-11-04-92324-1 (세트)

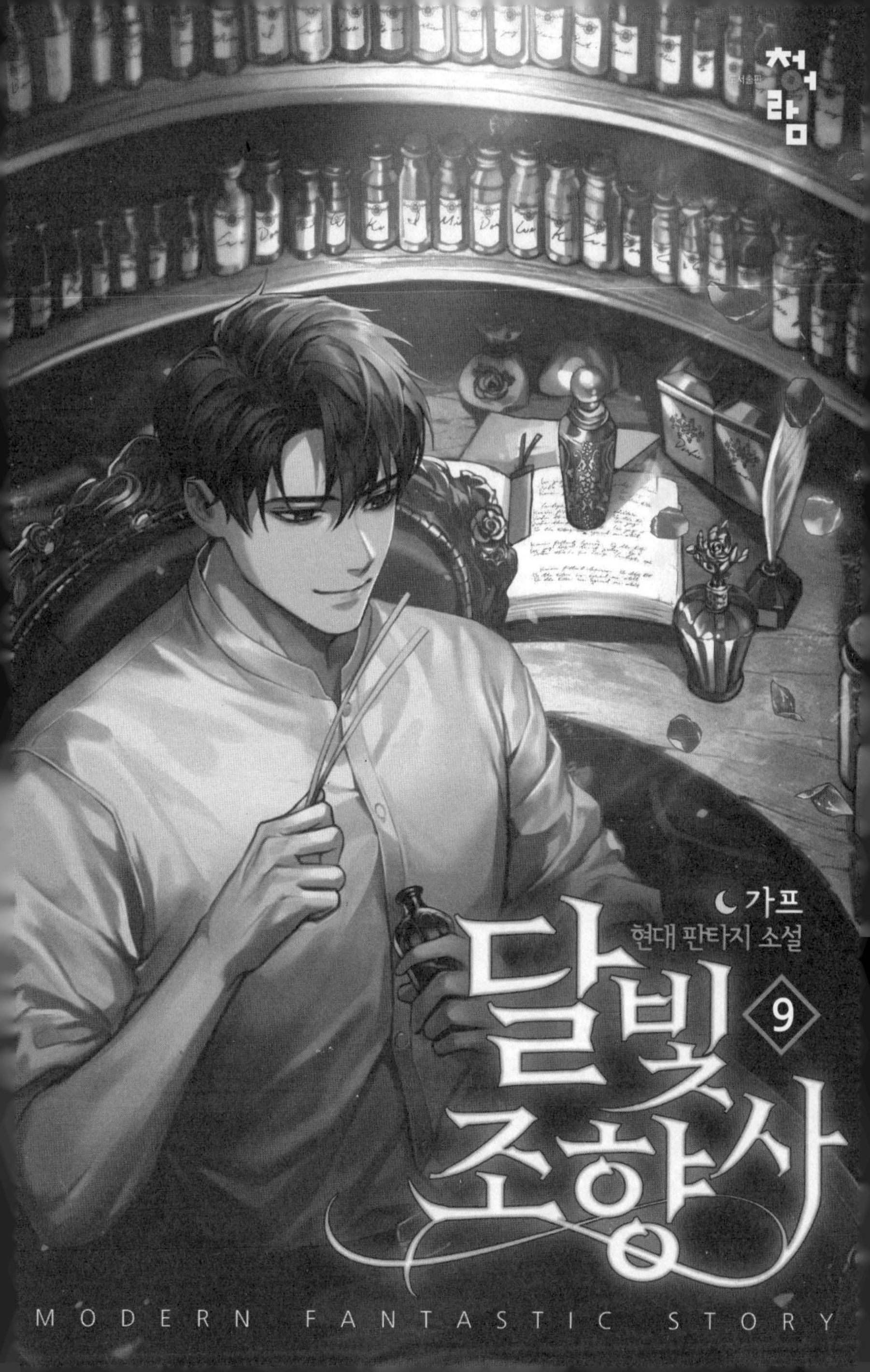

청어람
가프
현대 판타지 소설
달빛 조향사
9
MODERN FANTASTIC STORY

목차

제1장

—

푸제아 로얄II

이 작품은 '픽션'입니다. 오직 '소설'로만 읽어주시기 바랍니다.

"박사님, 감사했습니다."

공항에서 스타니슬라스에게 작별 인사를 했다.

"내가 할 말일세."

스타니슬라스가 웃었다.

"덕분에 제대로 된 카이피를 얻었잖나? 게다가 이제는 진품 푸제아 로얄에 버금가는 향도 기대할 수 있고."

"박사님 덕분에 구한 것이니 만들게 되면 한 병 드리겠습니다."

강토가 푸제아 로얄의 블로터가 든 슬리브를 들어 보였다.

"그렇게 되면 내 조향실이 더 인기를 끌 걸세."

"제가 말씀드린 태홍이 이름도 기억해 주세요."

"머잖아 패션쇼를 연다고?"

"예."

"그때 그 아이가 모델로 참석한다고 했지?"

"예."

"장소가 어딘지 모르지만 파리라면, 혹은 밀라노나 런던만 되어도 보러 가겠네. 사전 면접 하는 거야."

"저는 준비시키지 않을 겁니다. 박사님께서 그냥 자질만 봐 주시기 바랍니다."

"그러시게. 나도 내가 감당할 수 있는 아이인지 확인하려는 것뿐이니까."

"롤스로이스 건도 다시 감사를 드립니다."

"전에도 말했지만 그건 로베르토와 츠바사의 공일세. 나는 단지 던져 본 것뿐이야."

"박사님……."

"내 나이쯤 되면 기재를 가진 후배들이 성장하는 거 보는 게 낙이지. 다행히 자네가 내게 호의적이니 그저 고마울 뿐이야."

"그건 제가 드릴 말씀인네요?"

"그럼 우리가 케미가 좀 맞는 거지."

"레이먼드가 공동 향수 발표회 제의를 하더군요. 그것도 좋지만 기회가 된다면 박사님과 한번 하고 싶습니다. 그 명성에 묻어서요."

"말을 거꾸로 하셨네. 10년 전이라면 몰라도 이제는 내가 자네의 명성에 묻어 가는 거야."

"약속하시는 겁니까?"

"나야 영광이지. 젊은 천재와 한자리에 선다면."

"감사합니다."

"하지만 유념하지는 마시게. 이제 자네는 굉장히 유명해질 거야. 나하고의 약속 따위는 우선순위에서 미뤄 놔도 괜찮아."

"그러고 싶지 않은데요?"

"아무튼 큰일 하셨네. 앞으로도 내가 놀라 뒤집어질 향수를 펑펑 만들어 주길 부탁하네."

"네, 박사님."

스타니슬라스가 내민 손을 꼭 잡았다.

프랑스라서 그럴까?

아니면 그라스에 사셔서 그럴까?

갑자기 남 같지 않다는 생각이 들었다.

탑승수속을 밟았다.

면세 구역에 들어서자 향수 냄새들이 강토를 반겼다. 파리는 향수의 도시. 오늘따라 향수 냄새들이 굉장히 풍성하게 느껴졌다.

향수를 고른다.

대다수가 네임드들이라 아쉽다. 그 무리 속에 쟁쟁한 레전

드들의 작품이 보인다. 로리강과 레망, 에메로드 등이다. 그러나 오리지널은 아니다. 원래의 명작들은 제조 비용이라는 현실에 막혀 희석되고 단순화되었다. 그러니까 이 네임드들은 껍데기만 남은 것이다.

다행히 니치 향수를 만났다. 실험적인 것들로 넉넉하게 골랐다. 매장에 전시도 해야 하고 상미와 다인, 이런 등에게 선물도 해야 한다. 1인당 면세 한도 따위는 개의치 않았다. 자진 신고를 하고 추가 비용을 낼 생각이었다. 결제를 하고 나올 때 국제전화가 들어왔다.

"메리언?"

작은 의자에 앉아 전화를 받았다.

—닥터 시그니처, 어디세요?

"파리 공항입니다. 코리아로 돌아가려고요."

—서운해요. 내가 베를린에 남았더라면 바로 날아갈 텐데……

"나도 그렇네요."

—그보다 먼저 축하부터 드려요. 굉장한 향수를 만드셨다고요?

"헤이든에게 들으셨군요?"

—궁금해서 견딜 수가 있어야죠. 그랬더니 극비라면서 말씀하시더라고요. 롤스로이스 신모델 차량 향수 계약, 게다가 모델도 된다면서요?

"모델은 아마 잠깐 나오는 정도일 것 같습니다."

―그게 중요해요? 닥터 시그니처가 나오는 게 중요하죠.

"주변에서 도와주신 덕분이에요. 이게 과정이 굉장히 드라마틱하거든요."

―헤이든을 만난 것도 드라마틱해요.

"맞습니다. 모든 게 드라마틱의 연속이네요. 여기 파리에 들렀다가 가는 것도요."

―공항만 아니면 베티에게 연락할 텐데… 닥터 시그니처라면 블레이드에 날개를 달아서라도 갈 아이거든요.

"그러고 보니 여기 베티가 사네요. 깜빡하고 있었습니다."

―저한테 잘 보이셔야 해요. 나중에라도 베티가 알면 그냥 안 넘어갈걸요?

"정말 그래야겠는데요?"

―헤이든과 오래 통화를 했어요. 닥터 시그니처의 향을 음미하고 호의적이긴 했는데 이번 일로 제대로 뻑 간 모양이더라고요. 첫 패션쇼처럼 설렌다는 말까지 했어요.

"부담 백배 상승인데요?"

―그러서야죠. 헤이든과 저도 그렇거든요. 닥터 시그니처의 향수를 어떻게 소화시키느냐… 적어도 향수에 가리는 패션이 되어서는 안 될 거 같아서요.

"그렇게까지 평가해 주니 고맙습니다."

―평안하게 돌아가세요. 향수 샘플 나오면 말씀하시고요.

키스 소리와 함께 메리언의 목소리가 끊겼다.

그렇잖아도 한국에 도착하면 소식을 전하려던 강토, 홀가분한 마음으로 비행기에 올랐다.

일등석에 앉아서 면세품 가이드를 꺼냈다. 향수 편을 넘기자 많은 향수들이 나왔다. 첫머리의 특집에 유럽의 공주가 나왔다. 그녀의 최애 향수라는 글귀가 보였다.

왕실 조향사.

그런 게 있었다.

과거에는 귀족 중심으로 향수가 번져 나간 적이 있었다. 그때는 왕실 조향사가 되는 게 최고의 영예였었다.

'멋지네?'

향수의 매력에서 '멋'이 빠질 수 없다. 그렇기에 공주라는 단어와 잘 매칭이 되었다.

가이드북의 향수 사진들 위에 두 개의 향수를 꺼내 놓았다.

블랑쉬의 나무와 푸제아 로얄의 슬리브였다.

공주의 최애 향수 사진을 앞에 두고 보란 듯이 블랑쉬의 향수를 시향 했다.

강토에게는 롤스로이스 이상의 전리품이었다.

그리고 푸제아 로얄.

창공에서 맡는 그 향은 조금 더 유니크하게 느껴졌다.

기대감 때문이었다.

알랑에게 강탈당한 블랑쉬의 향수들. 시간의 흐름 때문에 증명하기는 어려웠다. 하지만 관련 자료들을 구할 수 있다면 적어도, 진실의 목소리를 낼 수는 있었다.

「초기를 제외한 알랑 클레멘트의 향수들은 블랑쉬 로베르의 작품입니다.」

가능하면.

주장이라도 하고 싶었다.

그러기 위해서는 우선 푸제아 로얄을 재현해야 했다.

더 멋진 명품을 만들어 조향계에 우뚝 서야 했다.

그래야 반론이 나오지 않을 테니까.

강토의 마음은.

비행기보다도 빨리 한국으로 날아갔다.

*　　　　*　　　　*

"대표님."

인천공항에 도착하자 이런과 상미 목소리가 들렸다. 다인도 함께였다.

"뭐야? 왜 단체로 나왔어?"

강토 눈이 휘둥그레졌다.

"왜 이러서? 오늘 일요일이거든?"

상미가 어깨를 으쓱해 보였다.

"일요일? 그렇구나? 그런데 권 실장은 왜?"

"왜라니? 대표님이 귀국하는데 당연히 올라와야지."

"가의도에서 온 거야?"

"어제 향료 입고하러 온 김에 남았어. 레전드 레이먼드를 누르고 왔다니 축하는 해 주고 가야 할 거 같아서."

"아무튼 고맙다."

"손님 또 있어."

옆에 있던 상미가 화장실을 바라보았다. 조금 후에 아는 사람이 나왔다. 서나연 기자였다.

"기자님도 오신 겁니까?"

강토가 물었다.

"배 실장님 말이 특종이 있다고 해서요. 저한테는 소스 안 줘서 좀 섭섭했어요."

서나연이 레이저를 겨누었다.

"그게… 귀국해서 천천히 말씀드리려고……."

"어허, 기사는 시간이 생명인 거 몰라요? 다른 매체에서 먼저 터뜨리면 새 된다고요."

"죄송합니다."

"여러분, 제가 대표님 납치 좀 해도 되죠?"

서나연이 하우스 멤버들에게 물었다.

"뭐, 기사만 좋게 써 주신다면요."

상미가 슬쩍 옵션을 넣었다.

"롤스로이스 신모델 차량에 장착되는 향수였다고요?"

커피점의 테이블로 옮겨 앉기 무섭게 질문을 퍼붓는 서나연이었다.

"예."

"유럽의 별 레이먼드하고 정면 충돌이었다던데요?"

"충돌까지는… 그냥 그쪽에서 우리 둘을 섭외해서 향을 의뢰했습니다. 최종 선택은 제가 만든 향수로 결정이 되었고요."

"이게 바로 그거였군요? 지난번에 일본의 츠바사를 누르고 온?"

서나연의 입이 쩌억 벌어졌다.

"예."

"와아, 이게 그렇게 연결되다니… 그러니까, 동양의 조향사한 사람을 고르는 과정에서 닥터 시그니처가 일본 대표 츠바사의 향을 누르고 본선에 진출, 결국에는 레이먼드의 향수를 누르고 간택이 되었다는 거잖아요?"

"그렇게 되었네요."

"이제 디테일로 가요. 저번처럼 보안이니 오프더레코드니 뭐니 하기 없기예요."

"……"

"옵션을 말해 주세요. 제사보다 떡밥에 관심을 두면 안 되지만 롤스로이스가 심혈을 기울이는 신차종 개발이었으니 의뢰비도 엄청났을 거 같네요."

"10억에 플러스 알파였습니다."

"10억?"

"하지만 액수는 밝히지 말아 주시기 바랍니다."

"왜요? 또 다 기부하려고요?"

"일부 기부도 하겠지만 향수라는 본질보다 액수로 회자되는 걸 원치 않습니다."

"알파가 뭔지 들어보고 결정할게요."

"롤스로이스 신모델 CF 광고모델도 시켜 준다고 했습니다."

"대—박."

서나연의 입이 다시 벌어졌다.

"아오, 오늘 배 실장님 따라나서길 잘했네. 이거 찐 대박이네요. 스포츠로 치면 거의 올림픽 금메달감이잖아요?"

"금메달은 몰라도 메달감은 되겠죠."

"다른 에피소드는요? 다 말해 보세요."

그녀가 녹음기를 들이댄다.

"심사 위원들이 굉장했어요. 미국 보그의 레이첼을 위시해서 영화감독 안소니, 톱 디자이너 헤이든……."

"어머, 안소니 감독에 헤이든까지요?"

"그분들도 기자님만큼이나 놀라더군요. 롤스로이스 측에서 심사 현장에서야 향수 심사 임무를 주었나 봐요. 원래는 차량 시승시켜 주려는 줄 아셨다고……."

"아, 내가 그 자리에 있었어야 하는데……."

"특급 보안이었다니까요."

"또 다른 건요?"

"음… 첫 출시되는 100대에 기증할 향수를 만들어야 하고
요, 롤스로이스와는 상관없지만 굉장한 이벤트 건이 있기는
합니다."

"굉장한 건이라고요?"

"쉬는 날 나오셨으니 구경시켜 드리죠. 제 하우스로 같이
가실 시간이 되겠어요?"

"당연히 되죠. 아, 그리고 신문사는 일요일에 안 쉬어요. 우
리는 토요일이 쉬는 날이거든요?"

"그럼 조금 덜 미안해도 되겠네요. 가시죠."

"아, 살 떨리네. 대체 뭐길래……."

서나연은 전율을 달래며 일어섰다.

하우스로 가는 길, 루카트 회장의 비서실장 산드라의 전화
가 들어왔다.

─편안하게 귀국하셨나요?

"덕분에요."

─파리 가신 일은요?

"그곳도 덕분에 잘되었습니다."

─다행이네요. 저는 좀 섭섭하지만…….

"……."

─그동안 신차종 출시 일정이 결정되었어요. 그래서 일정을

알려 드리려고요.

"말씀하시죠."

—닥터 시그니처께서 하실 일은 엊그제 채택된 동종 향수 100병 분량을 만들어 주시는 거예요. 용기는 우리가 준비할 테니까 향수 원액만 준비해 주시면 됩니다.

"네."

—CF는 좀 서둘러야겠어요. 다른 장면들은 이미 준비가 되었거든요.

"그러시군요."

—촬영 팀이 머잖아 코리아로 들어가요. 닥터 시그니처는 시간만 내시면 됩니다.

"향수는요? 그때까지 한 병이라도 만들어야 할까요?"

—아뇨. 그건 CG로 처리하면 돼요.

"그렇군요."

—CF 감독님은 낯설지 않을 거예요. 굉장한 분이신데. 회장 님이 여러 후보자들을 제치고 즉흥 의뢰를 했음에도 흔쾌하게 맡아 주시더라고요.

"제가 아는 사람이라는 거네요?"

—네, 그럼 저는 이만.

산드라와의 통화가 끝났다.

한국으로 들어온다면 거의 외국인이다.

CF를 찍으면서 강토가 아는 사람?

잠시 생각해 보지만 떠오르는 사람이 없었다.

방개차는 곧 하우스에 도착했다.

문을 여는 순간 하우스의 냄새 분자들이 포근하게 후각 속으로 녹아들었다. 어느새 제2의 집이 되어 버린 하우스.

가방을 열기도 전에 모두의 시선이 강토에게 쏠렸다.

「굉장한 이벤트」

뻥카도 아닌 강토의 말이었으니 마른침까지 넘기는 네 사람이었다.

"여러분."

강토가 그 넷을 마주 보며 우뚝 섰다.

"세상에는 보석보다 귀한 향수가 많습니다. 가격이 비싸서라기보다 향수의 역사가 되어서 만날 수 없는 향수들, 뭐가 있을까요?"

"이데알?"

"지키?"

"샹티이?"

"푸제아 로얄?"

희귀템 향수들 이름이 차례차례 나왔다. 거기서 강토가 셀로판 슬리브를 꺼내 들었다.

"프랑스 파리, 베르사이유 오스모테크. 그 지하에서 건져온 찐 푸제아 로얄을 여러분에게 소개합니다."

강토가 시향지를 꺼내 들었다.

"악."

그게 무슨 향수인지 아는 네 사람, 시향 하기도 전에 사망 직전까지 달려가 버렸다.

*　　　*　　　*

푸제아 로얄.

찰칵찰칵.

원래는 카메라가 먼저 나서야 했다. 하지만 아무도 그럴 정신을 차리지 못했다. 손님으로 온 서나연이 시향지를 감상할 때조차 모두가 목을 빼 들었다. 서나연은 세 번을 맡았다.

"아하, 하아."

신음 소리가 거푸 나온다. 표정으로 보아 시향지를 놓고 싶지 않다. 하지만 기다리는 사람이 많았다.

2번 타자는 상미였다. 후각이 좋지 않은 것을 고려해 다인이 양보를 했다. 이제는 정상적인 후각에 올라섰지만 다인에 비해서는 약한 상미였다.

"아아아……."

상미의 신음은 더 길었다. 후각에 대한 안타까움이다. 향이 느껴지기는 하지만 디테일에는 접근하지 못하는 것이다. 최고의 명화를 조악한 화질로 봐야 할 때의 눈빛, 그것과 다르지 않았다.

상미 다음에는 이린이 줄을 섰다. 그 또한 다인의 배려였
다.

"흡."

이린은 눈물로 감정을 표했다. 두 번째 숨을 들이켜는 순간
눈물이 흐른 것이다.

"아, 얘들이 진짜… 아무리 역사적인 향수라지만……?"

씩씩하게 시향지를 넘겨받은 다인, 그녀 역시 감동의 폭풍
에서 벗어나지 못했다. 바로 오감이 멈춘 것이다.

"미치겠다."

세 번을 맡고 난 후에 나온 소감이었다.

"자, 이제 감평 시작?"

시향지를 챙긴 강토가 정적을 깼다. 시향지는 다시 셀로판
슬리브에서 알루미늄 통으로 들어갔다. 이렇게 보관하면 몇
달도 간다. 강토의 후각이라면 1—2년 후에 맡아도 냄새의 흔
적을 찾을 수 있다. 서나연과 멤버들의 카메라는 이때 작렬을
했다. 알루미늄이라는 봉인 안으로 들어가기 전에,

찰칵.

인증 샷을 발사한 것이다.

"전문가들이 먼저 하세요."

카메라를 챙긴 서나연이 하우스 멤버들에게 공을 넘겼다.

"아니, 평론에는 기자님이 더 전문가잖아요?"

상미가 바로 반박을 한다.

"나는 듣고 쓰는 데 전문가. 하지만 여러분은 본질을 꿰는 조향사들이잖아요."

기레기, 기레기 하지만 서나연과는 먼 단어다. 그녀는 제대로 된 기자였다. 팩트를 짚어 내니 하우스 멤버들은 할 말을 잃었다.

상미와 이린이 다인을 돌아본다. 셋 중에서는 가장 뛰어난 후각을 가진 그녀였다.

"아, 씨… 이런 건 꼭 나한테… 뭐랄까? 굉장히 청결하고 새것 같은 느낌? 아니면 깨끗하게 세탁한 타올이 뽀송하게 마른 그 순간의 냄새?"

"맞아. 내 말이……."

상미가 동의를 하고 나섰다.

"이린은?"

강토가 이린의 의견을 물었다.

"저도요. 실험실에서 물걸레로 바닥을 깨끗이 닦고 난 후에 느끼는 기분 좋은 냄새 같았어요."

"조향사들 의견은 나온 거 같은데요?"

강토가 서나연을 돌아보았다.

"내 느낌도 그래요. 좋은 호텔에 숙박할 때, 하루 종일 관광을 끝내고 돌아와 룸을 열었을 때 막 정돈을 마친 침대의 청결한 냄새?"

서나연이 강토를 바라본다. 느낌대로 말하지만 자신은 없는 표정이었다.

"그럼 향료 분석으로 진입."

강토가 다음 과제를 던져 놓았다.

"푸제아 로얄은 쿠마린의 향수니까 쿠마린, 그리고 통카 빈에 모스, 라벤더, 그리고 허브와 사향?"

다인이 하우스 대표 선수로 나섰다.

"푸제아 로얄이라면 베르가모트와 시트러스 노트가 들어가지 않았을까요? 푸제아에 시트러스가 쓰이면 베르가모트가 단골이라고 하던데?"

서나연의 의견이다. 그녀가 기레기가 아닌 증명이 또 나왔다. 푸제아를 제대로 알고 있었다.

"이야, 뭐 제 설명이 필요없네요. 사향까지 맞히니 할 말이 없습니다. 나머지 엿보이는 천연향료들은 제가 공부를 한 다음에 전해 드리죠."

강토가 마무리를 했다.

"푸제아 로얄이라면 파리의 ISIPCA 향수박물관에 있는 거잖아요? 거길 다녀왔군요?"

서나연이 또 한 번 팩트를 찔렀다.

"네."

"맙소사, 거긴 아무나 못 들어가는 곳으로 알고 있는데?"

"맞아요. 고맙게도 스타니슬라스 박사님 덕분에 좋은 기회를 얻었습니다."

"박사님도 만난 거야? 파리도 갔고?"

상미가 물었다. 강토의 스케줄을 런던으로 알고 있기 때문이었다.

"갑자기 좋은 향수를 시향 할 기회가 생겨서. 덕분에 푸제아 로얄까지 쫙 시향 하고 왔지."

"와아……."

"다들 기다리느라 힘들었을 텐데 가까운 맛집에 가 계세요. 제가 한턱 쏘겠습니다."

"피곤할 텐데 괜찮겠어요?"

서나연이 물었다.

"좋은 결과에 좋은 향수에… 오면서 꿀잠도 잔 덕분에 괜찮습니다."

"그렇다면 왕창 얻어먹어야겠네요. 아직도 궁금한 게 많거든요."

서나연이 카메라를 챙겨 일어섰다.

"먼저 가 있어. 나는 향수 좀 정리하고 바로 갈게."

"맛집 말인데……."

상미는 할 말이 있는 눈치였다.

"왜?"

"기왕이면 준서 오빠네로 가면 안 될까? 요즘 대박 치고 있다던데 우리 대표님 성과 자랑도 할 겸?"

"좋지."

흔쾌히 수락하고 조향실로 들어섰다.

그라스에서 얻은 향료와 향수, 블랑쉬의 '나무' 향수를 고이 모셨다. 그런 다음, 태홍에게 전화를 걸었다. 강토의 호출이니 10분 안에 달려왔다.

"선생님."

태홍의 목소리는 대문 밖에서부터 들려왔다.

"영어 공부 많이 했냐?"

"옛썰."

"불어 공부는?"

"우위."

"오? 열공인 모양인데?"

"베티한테 배워요. 저는 베티에게 한국어를 가르치고요."

"그래서 상으로 뭐 하나 보여 주려 하는데?"

"뭔데요?"

"내가 런던을 거쳐서 프랑스에 다녀왔거든. 거기서 귀한 향수 시향지를 가져왔다."

"우와."

"눈 감아 봐라."

강토가 푸제아 로얄의 시향지를 꺼냈다. 눈 감은 태홍의 얼굴에 대고 살랑살랑 두 번을 흔든다.

"느낌 어떠냐?"

"음… 한 번만 더요."

태홍의 주문이 나온다. 주문대로 해 주었다.

"아……."

태홍이 어깨가 늘어진다. 긴장이 풀리는 것이다. 코를 두어 번 벌름거리더니 마침내 감상을 쏟아 낸다.

"교향곡 있잖아요? 그 연주회에 온 느낌이에요. 평온하고 고요한 느낌?"

"……?"

태홍의 표현에 강토가 소스라쳤다. 허브에 건초에 스파이시에 스위트, 모스와 라벤더 향이 난다는 표현보다 정확하게 팩트를 쪼아 낸 것이다.

"하나하나 다 맞혀야 해요?"

"아니, 이제 눈 떠도 된다."

강토가 웃었다. 푸제아 로얄이 주는 핵심을 읽은 태홍이다. 더 이상의 나열은 군더더기가 될 뿐이었다.

"선생님이 만든 향수예요?"

눈을 뜬 태홍이 물었다.

"아니, 이게 바로 푸제아 로얄이라는 거다. 잘 기억해 둬."

"푸제아 로얄?"

"향수 역사에 있어 밑줄을 제대로 그은 명품이지. 파리의 ISIPCA 학교 지하실의 향수박물관에 있는데 네가 훌륭한 조향사가 되면 직접 시향 할 기회가 생길 거다. 그때까지는 이 시향으로 만족해라."

"알겠습니다."

"그럼 가 봐. 이것 때문에 부른 거니까."

"사진 한 장 찍어도 돼요? 베티에게 자랑하게요."

"물론이지. 내 얘기 하게 되면 파리에서 못 보고 온 거 자수한다고 전해 줘."

"알았어요."

찰칵.

태홍의 핸드폰이 푸제아 로얄의 시향지를 담았다.

"그리고요, 선생님."

태홍이 미니어처 향수들을 꺼내 놓았다. 여러 개였다.

"백화점에 향수 구경 갔다가 얻었거든요. 시향을 하다가 궁금한 게 있어서요."

"뭐가 궁금할까?"

"여기 컬러들요. 노랑에 청색, 녹색, 보라색… 예쁘기는 한데 밀짚색에 비하면 살짝 싸아한 느낌이 들어서요. 여기 무색도요."

"……!"

태홍의 질문에 강토의 촉각이 곤두선다. 첨가물까지 진도가 나간 것이다.

"첨가물이야. 식품에도 들어가는……."

"네? 향수에도 색을 입혀요?"

"그래."

"와아… 식품에만 그러는 게 아니었네요?"

"원래는 향료만 썼지. 하지만 대량생산에 소비자 기호를 맞추다 보니 그렇게 되고 있어. 진한 노랑색은 황색 4호나 5호일 테고 보라색은 자색 401호와 적색 227호로, 청록색은 녹색 3호와 황색 4호로, 이런 것들 외에도 변색방지제로 벤질살리실레이트, 에칠헥실살리실레이트, 비에이치티 등등이 첨가되어 변색을 방지하지. 뿐만 아니라 보습과 방부, 자외선차단제까지… 셀 수도 없어."

"자외선 차단은 왜요? 향수를 볼에 바르는 것도 아닌데?"

"사람이 아니라 향수로 향하는 자외선을 막는 거야. 향수에 쓰인 성분들 중에 자외선이 닿으면 빨리 변색하는 것들이 있거든."

"선생님 향수는 아니죠? 계속 밀짚색이었으니까요?"

"그래. 합성향료를 넣을지언정 첨가물은 사양한다."

"역시……."

"하지만 불특정다수를 위한 대량생산이라면 고려해야 하는 사안일 수도 있어. 개중에는 색소를 넣어 예쁘게 보이는 걸 좋아하는 사람들도 있고."

"그렇겠네요. 일단은 보기에 예뻐 보이니까요."

"나중에 천천히 가르쳐 줄 생각이었는데 거기까지 가 버렸으니 대표적인 첨가물을 골라 줄게. 그거 공부하면서 패션쇼부터 마치자. 그다음에는 조향사들이 쓰는 40가지 포퓰러 한

번 해 보고."

"우왓, 정말요?"

"짜식, 너는 어떻게 과제를 좋아하냐? 다들 과제라면 몸서리부터 치는데……."

"저는 선생님이 내주는 과제라면 다 좋아요."

"고맙다."

"그럼 다음에 뵙겠습니다."

첨가물 자료를 보물처럼 받아 들고 뛰어가는 모습을 보니 기분이 좋았다. 두 다리가 없이도 태홍은 날아다닌다. 두 다리보다 더 튼튼한 꿈 때문이었다.

*   *   *

"……?"

방개차에서 내린 강토가 굳어 버렸다. 상미네가 준서 가게에 들어가지 못한 것이다. 줄이 길었다. 준서의 매장은 발 디딜 틈도 없었다.

"어쩌지? 준서 오빠 빽 좀 동원해 볼까?"

상미가 어깨를 으쓱해 보였다.

"서 기자님, 어떠세요?"

강토가 서나연의 의사를 물었다.

"맛집이라면 기다리는 맛 아닌가요?"

그녀가 답했다. 역시 개념 제대로 박힌 기자였다.

"그럼 기다리자. 단골도 아닌 주제에 압력 넣는 것도……."

강토는 느긋했다.

선 채로 서나연의 질문을 받았다. 그녀는 강토에게 벌어지고 있는 모든 것을 알고 싶어 했다. 몇 가지 소스의 봉인을 풀었다. 상하이 재벌 딸 추진진의 결혼식 향수 이야기였다.

"대박."

서나연의 입이 쩌억 벌어졌다.

추젠화.

굉장한 사람인 줄은 짐작하고 있었다. 그런데 강토가 아는 것보다 더 굉장한 모양이었다. 거기서 서나연의 다른 질문이 나왔다.

"혹시 절에도 향수를 만들어 준 적 있어요?"

"그런데요?"

"시더우드와 샌들우드죠?"

"어, 그건 또 어떻게?"

"제가 조계종 원로 스님을 좀 알거든요. 그런데 그분 동무께서 굉장한 향수를 가지고 있더래요. 제가 향수 전문기자이다 보니 어디서 구했는지 알겠냐고 전화가 왔더라고요."

"……."

"실은 그 부탁도 좀 드리려고 겸사겸사 왔어요. 목숨까지 신세 진 김에 좀 안 될까요?"

"저야 조향사님이 비용만 치르시면 문제없습니다."

"비용은 걱정 마세요. 얼마를 내라든 내신다고 했어요."

"그럼 만드는 대로 연락을 드리겠습니다."

"약속하신 거예요? 저 스님에게 연락해요?"

"그럼요."

"아싸."

서나연은 그 자리에서 핸드폰을 꺼내 들었다. 그제야 강토의 줄이 1번 대기로 변했다. 그러자 준서가 눈에 들어왔다.

"닥터 시그니처? 상미에 다인이까지?"

준서가 바로 뛰어나왔다.

"뭐야? 왔으면 말을 해야지?"

"어허, 초대박 맛집인데 새치기하면 다른 손님들이 그냥 있겠어? 사진이라도 찍어서 SNS에 올리면 서로 곤란해지잖아?"

상미가 항변했다. 조크지만 그런 일이 없는 세상도 아니었다.

"됐으니까 들어와라. SNS고 나발이고 닥터 시그니처는 평생 무료 시식권 받은 내 인생 VIP야."

"어? 그럼 우리는?"

상미와 다인이 바로 태클을 구사한다.

"눈치껏 묻어 오든지, 아니면 소신대로 차례 기다리든지."

준서가 강토를 잡아끌었다.

"아, 씨… 오빠."

울상이 된 상미, 강토 뒤를 따르는 수밖에 없었다.

"향 좀 봐줘라. 반응은 좋은데 고칠 점이 있을 거야."

준서가 초콜릿을 내왔다. 새 작품이다. 비주얼은 물론이고 맛도 기가 막혔다.

"대박."

강토가 엄지를 세워 주었다. 상미와 다인, 이린은 쌍엄지를 쾌척한다. 그사이에도 손님은 계속 넘쳤다. 제대로 입소문이 난 모양이었다.

"내 실력 아니고 윤희 이모님 덕분이야. 소속사 아이돌들 생일 때마다 내 초콜릿을 주문하셨거든. 그중 두 명이 그걸 인스타에 올렸는데 그때부터 난리가 난 거야. 그때 열흘 연속 밤새워 만들었다."

"겸손할 거 없어. 연예인 동원해도 맛없으면 바로 쫑 치거든? 이건 형 실력이야."

"진짜냐?"

"그럼. 초콜릿에 입힌 향들이 기가 막히네. 입에서 넘어가기도 전에 손이 가잖아? 이런 걸 두고 중독이라고 하는 거잖아."

"네 말이니까 닥치고 믿는다."

"이러다 형 얼굴 보기 힘들어지는 거 아니야?"

"그게 내 소원이긴 한데 그렇게까지 살고 싶지는 않다. 조금 더 자리 잡으면 쉬는 날 정해서 워라밸 좋게 살 거다."

"어머니가 좋아하시겠네?"

"당연하지. 그보다 너는 어떠냐? 새 작품들 팡팡 터지고 있지?"

"우리 대표님, 롤스로이스 신모델 차량에 장착할 향수 채택됐어. 그래서 런던에 출장 갔다가 방금 오는 길이거든?"

상미 목에 힘이 들어갔다.

"이야, 역시… 축하한다."

"고마워. 샘플 향수는 보안 사항이라 못 보여 줬는데 공개되면 한 병 가져다줄게."

"오, 그럼 나도 롤스로이스 뽑아야겠는데? 영끌이라도 해서……"

"오빠, 그럼 우리도 시승돼?"

이번에는 다인이다.

"당연하지. 기왕 하는 상상인데 우리 옴니스, 그거 타고 미쉐린 별 세 개 맛집 가서 배 터지게 먹어 보자."

준서의 사기가 하늘을 찌른다.

하지만 강토네와 오래 있지는 못했다. 손님은 줄지 않았고 알바들은 일손이 모자랐다. 게다가 주인을 찾는 사람들도 많았다.

"형, 오늘 무료 시식 땡큐. 다음에 보자."

오래 있을 수도 없어 그만 일어섰다.

"서 기자님, 또 봐요."

"대표님, 푹 쉬고 와."

서나연, 상미네와 작별을 했다. 가의도로 내려가야 할 다인도 보냈다. 강토 혼자 남았다. 이제 집으로 가서 좀 쉬어야 했다.

'좋다……'

주차장에서 준서의 가게를 바라본다. 저절로 미소가 돈다. 마침내 준서의 실력이 만개하는 것이다. 그런 강토 눈에 롤스로이스가 들어왔다. 전에는 별로 눈길을 끌지 않던 롤스로이스. 일과 연관이 되니 저절로 시선이 갔다.

그 차 앞에 노신사가 서 있다. 골프라도 치고 온 것인지 캐주얼한 복장이었다. 그 앞으로 젊은 남자가 다가왔다. 기사로 보였다. 그가 준서의 초콜릿을 전한다. 롤스로이스의 갑부도 준서의 초콜릿에 홀린 모양이었다.

'준서 형 고객층이 굉장히 넓……?'

별생각 없이 차 문을 열던 강토, 뭔가 낯익은 체취에 돌연 고개를 돌렸다.

노신사 쪽이었다.

응?

그에게서…….

준서를 닮은 체취가 살짝 풍겨 나오고 있었다.

제2장

—

CF를 찍다

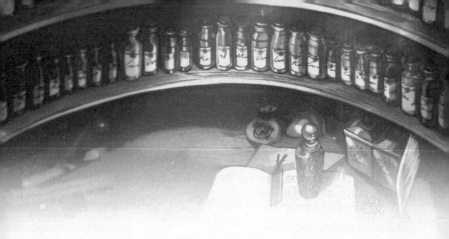

뭐지?

강토가 집중한다.

착각이 아니었다.

노신사에게서 준서의 체취가 있었다. 준서의 가게에서 사
온 초콜릿 때문일까? 그 초콜릿에 묻은 준서의 체취가?

아니.

달랐다.

닮은 향은 노신사의 것이었다.

준서의 아버지이자 가리온스위트의 회장.

그 사람일까?

오래 생각하지는 못했다. 롤스로이스가 출발해 버린 것이다.

'준서 형……'

가게를 바라본다. 초콜릿은 분명 준서의 것이었다. 생각들이 갈래를 치지만 준서에게 돌아가거나 언질 하지 않았다. 좋은 일이든 나쁜 일이든 지켜볼 뿐이었다. 준서의 방황은 끝난 지 오래였으므로.

*　　　　*　　　　*

"닥터 시그니처."

집에 도착하자 할아버지가 반색을 했다.

"오, 그림 많이 그리셨는데요?"

선물을 내밀며 강토가 말했다. 할아버지 손에서 나는 물감 냄새 때문이었다.

"우리 손자가 동에 번쩍 서에 번쩍 하는데 어쩌겠냐? 나도 흉내는 내야지. 그런데 물감은 내 거 같은데 향수는?"

"방 여사님 거죠."

"눈치챘냐?"

할아버지가 고개를 들었다.

"당연하죠. 봉투에 든 돈 절반에서 방 여사님 냄새가 났거든요. 할아버지가 설마하니 돈을 빌렸을 리도 없고……"

"얀마, 그럼 어쩌냐? 방 시인도 내고 싶다는데……."

"아무튼 드리고 점수 좀 따세요."

"짜식, 이 할애비가 뇌물로 애정 구걸하는 주젠 줄 아냐?"

"아닌 줄 알죠. 그래도 여자들은 향수 좋아하거든요."

"방 시인은 네 향수를 제일로 좋아한다."

"제 향수에 레이어링하기 좋은 거예요. 좋은 음식도 자꾸 먹으면 물리잖아요."

"기세를 보니 갔던 일은 성공?"

"그럼요. 제가 누구 손자인데요?"

"내 손자지."

우리 할아버지, 넉살도 좋다.

"제 향수가 채택되어서 10억 상금에다 차량 모델로도 나오게 해 준다고 했어요."

"이야, 내 손자가 글로벌기업의 모델까지?"

"뭐, 차량 중심이라니 잠깐 나오는 정도일 거예요. 한국에서는 롤스로이스 광고 안 할 수도 있고요."

"무슨 상관이냐? 네가 나오는 게 중요하지."

"중국 전시회 가실 때 한 병 드릴게요. 추젠화 회장님 차량에 뿌려 주면 좋아할 거예요. 추진진이 오면 그 차에도요."

"흐음, 특수 임무로구나?"

"그렇게 되나요?"

"아무튼 들어가자. 연락이 없어서 미리 준비를 못 했는데 뭐 먹고 싶냐?"

"얼큰 담백한 돼지 등갈비 김치찌개?"

"30분짜리 코스로구나. 후딱 준비할 테니 샤워부터 해라."

"네."

강토가 할아버지의 명령을 받았다.

쏴아.

샤워기를 뚫고 나오는 물이 시원했다. 샤워가 끝날 때쯤 등갈비와 김치 냄새가 기막힌 어코드를 이루기 시작했다. 이 순간의 강토에게는 푸제아 로얄보다도 살가운 냄새였다.

"할아버지."

등갈비를 뜯으며 강토가 말했다.

"왜? 짜냐?"

"아뇨. 기막혀요. 푸근하고 칼칼하고……."

"짜식, 난 또 짠 줄 알고 깜짝 놀랐네."

"방 여사님 말이에요."

"방 시인은 왜?"

"아직 간 보기 안 끝나신 거예요?"

"간 보기?"

"결혼 말이에요."

달그락.

돌연한 강토 말에 할아버지가 숟가락을 떨어뜨렸다.

"그러다 날 새겠네."

강토가 모른 척 중얼거렸다.

"얀마, 난 이미 날 샌 사람이야. 머리카락 보면 모르냐? 밥 먹는데 할 소리는 아니지만 거기 머리도 파 밑뿌리 된 지 오래다."

"그래서요? 변죽만 울리다 말 거예요?"

"이 나이에 친구 사이면 됐지 결혼은 무슨……."

할아버지 목소리가 살짝 흔들린다. 결혼 생각이 없는 건 아니라는 방증이었다.

"결혼하세요. 어차피 두 분, 그 정도 사이는 되잖아요?"

"네가 먼저 결혼하면 생각해 보마."

"할아버지."

"왜? 너도 솔로 주의자냐?"

"뭐, 그건 아니지만……."

"요즘은 혼자 사는 게 유행이라지만 물감 하나로는 그림 못 그리는 법. 세상은 이치대로 흘러가야 아름다운 거야."

"……."

"너, 고자 아니지?"

"할, 할아버지."

달그락.

이번에는 강토가 숟가락을 떨어뜨렸다.

"짜식이 놀라긴."

"이상한 소리를 하니까 그러는 거잖아요?"

"방 시인이랑 합치는 거에 대해 의논은 해 보았다. 거기서 나온 결론이 바로 '너 결혼한 후에 보자'였어. 그러니까 할아버지랑 방 시인이랑 합치는 거 보려면 너부터."

"헐."

"말 나온 김에 애인은 있냐? 주변에 여자가 많으니 있는 것 같기는 하다만 하도 많으니 감을 못 잡겠다."

"할아버지."

"있냐 없냐? 그것만 말해."

"있어요, 왜요?"

"그럼 됐다. 할아버지가 하객들 앞에서 한 번 더 폼 잡기를 원한다면 서두르거라."

"쳇, 풀 옵션에 독촉까지… 본전도 못 찾겠네."

강토가 볼멘소리를 냈다. 흐뭇함을 감추려는 의도였다. 할아버지의 속내를 파악한 것이다. 등갈비를 뜯으며 두 분의 모습을 상상해 본다.

「신랑 윤종범 신부 방영순」

오래전에 돌아가신 할머니에게는 조금 미안하지만 샌들우드와 베르가모트의 앙상블처럼 잘 어울리는 한 쌍이었다.

그날 강토의 다락방 조향실에는 푸제아 로얄의 향이 피어올랐다. 푸제아 로얄의 향이 가시기 전에 재현에 돌입한 것이다.

쿠마린.

합성향료지만 그 향을 최고의 쿠마린으로 승화시킬 수 있는 향료를 골랐다. 스위티하고 타바코한 느낌을 또렷하게 해 주는 향료, 허브와 스파이시에 건초의 따뜻함도 안겨 주는 그런 향. 라벤더와 오크모스 등을 떨구며 한 땀 한 땀 새겨 나간다. 눈을 감아도 후각 속에 선명한 푸제아 로얄. 그 향의 모습을 조각처럼.

영감이 받쳐 주니 진도가 잘 나갔다.

초안 스케치 완성.

스슷.

시향지를 찍는다.

좋았어.

향은 썩 마음에 들었다.

그 시향지를 안고 꿀잠이 들었다. 푸제아 로얄 스케치 향도 강토를 따라 꿀잠에 들어갔다.

향이 익어 간다.

햇살로 익혀 가는 과일들. 하루를 모아 단맛을 내는 그 과정은 향수에도 어김이 없었다. 향수를 빚는다는 건 정말이지 자연이 과일의 맛을 들이는 과정과 같았다.

푸제아 로얄, 그렇게 강토의 것이 되었다.

푸제아 로얄을 마무리한 뒤에는 르네상스 향기 구현에만 몰입했다. 그 또한 기억으로 가져왔기 때문이었다. 그래도 눈을 감으면 생생했다. 샹보르 성과 런던 박물관에 간직된 냄새들…….

르네상스의 냄새.

향기로 그 추상을 구현할 수 있을까?

냉정히 보면 100% 구현은 불가능했다. 하지만 반대로 보면 100%가 아니라고 말할 수 있는 사람도 없었다. 르네상스 냄새는 원형이 없기 때문이다.

이런 시도는 강토가 처음이 아니었다. 유럽에서는 역사적인 교회 건물의 냄새를 채집하고 오래된 미술관 등의 냄새를 재구성해서 보관한다. 눈에 보이는 것뿐만 아니라 눈에 보이지 않는 것도 기록(?)하는 것이다.

여기서 활약하는 게 또 조향사들이었다.

강토가 유럽에서 한 대로.

건물을 구성하는 재료나 물건들의 냄새를 맡아 하나하나 기록을 하고 분석한다. 그런 다음 조향실이든 화학 실험실이든 냄새를 만들 수 있는 곳에서 전체의 향을 아울러 향기를 만든다.

강토도 그런 생각을 한다. 훈민정음의 냄새, 용비어천가의 냄새를 만들면 어떨까? 조향사들은 향수를 만들지만 조향사가 할 일이 그것만은 아니었다.

그런데.

냄새에는 때로 오류가 생긴다.

많은 사람들은 천연 향과 인공 향을 구분하지 못한다. 실제로 실험을 해 보면 인공 향을 천연 향이라고 답하는 사람이 많다. 오랫동안 그렇게 살아온 까닭이었다.

강토의 숙제는 그것이었다. 더 많은 사람들이, 아니, 최소한 패션쇼에 온 사람들만이라도, 르네상스의 향으로 인식할 수 있는 향수.

그 공통점을 공략해야 하는 것이다.

그래도 르네상스는 사람의 시대였다. 현대와 비교하면 자연 지향적이다. 거주지가 그랬고, 탈것이 그랬고, 의상과 일상이 그랬다.

패션쇼의 향수 중에서 가장 어려운 게 이 향수였다. 다시 말해, 르네상스의 향을 만들면 나머지는 파죽지세일 수 있었다.

청계천에서 입수한 헌책들을 꺼냈다. 오래된 리넨과 면직물도 준비했다. 교외를 돌며 낡은 벽돌과 썩은 나무의 이끼도 구해 왔다. 흙과 밀짚, 녹슨 쇠도 물론이었다.

영감이 떠오르는 대로 향료도 펼쳤다.

자연에서 온 것과 합성에서 온 향료들 전부였다. 천연고무와 점토, 불에 탄 재와 부싯돌, 화약 향료들이다. 얼마 전에 입고된 풍려석, 즉, 바람이 깎았다는 돌로 만든 향료도 줄을 맞춰 놓았다.

알코올 비커가 준비되었다.

눈을 감고 잠시 집중한다.

르네상스의 일상은 어땠을까? 장작불 냄새에 수프 냄새, 빵 냄새가 난다. 사람들의 땀 냄새에 가축들의 냄새, 화학물질에 오염되지 않았을 숲과 물, 그리고 공기들……

그것들을 런던과 파리에서 수집한 냄새에 대입을 한다. 그 손길을 따라 향료가 들어간다. 조금은 투박하지만 활기찬 냄새들, 불과 땀의 냄새에 더해지는 벽돌과 목재의 냄새들… 거칠고 메탈릭한 냄새를 조금 더 더하고 바닐라와 코코아에 벤질 벤조에이트를 섞어 빵 향기를 만들어 투하한다.

흐음.

향이 조금 아쉽다. 빵 냄새가 너무 약했다.

이번에는 우유와 밀 향료를 섞어 다시 투하.

으음.

여전히 아쉬웠다.

구르망 노트를 따로 만들었다. 르네상스 역시 먹거리가 중요한 시대였다. 기왕에 빵 냄새를 풍길 바에야 제대로 풍겨 보고 싶었다.

구르망 노트는 간단히 말해서 음식 향이다. 조금 어렵게 말하면 미각적인 주제라고 할 수 있다. 이 향은 과자나 초콜릿, 빵 등을 떠올리게 한다.

향료를 꺼내 든다.

「소톨렌과 바닐린, 말톨, 에틸 말톨, 사이클로텐, 퓨라네올」

말톨은 달고나를 생각하면 쉽다. 설탕을 졸일 때 나오는 냄새다. 에틸 말톨 역시 한 번쯤은 경험을 했다. 저 유명한 솜사탕에서 나는 냄새다. 소톨렌은 사케 냄새가 나고 사이클로텐은 메이플시럽 향이라고 보면 된다. 마지막으로 퓨라네올은 파인애플과 딸기 향의 주범이시다.

바닐린?

요건 다들 아니까 패스.

요렇게 블렌딩을 하자 입안에 침이 고이기 시작한다. 조향 방식으로 표현하자면 스위트하고 밀키하고 크리미하면서 소프트하며 파우더리하다.

오크모스와 우디앰버, 그리고 파출리 에센스도 더해 본다. 흙과 사과 냄새를 추가하는 것이다. 거기에 토마토 풋내도 살짝 가미.

구르망 노트가 추가되자 볼륨감이 업그레이드되었다. 의상이 풍성해지는 르네상스에 한 발 더 다가선다.

마무리로 유향을 더하자 옛날 성안의 광장에 서 있는 느낌이 왔다.

좋았어.

만족도가 확 높아졌다.

유향은 옛날을 대표하는 향의 하나다. 동서양을 막론하고 많이 사용되었다. 먼 과거의 인도에서는 악마를, 중세에는 마녀를 몰아내는 향으로 쓰였다. 카톨릭에서도 유향은 기도를 하늘로 올려 보낸다고 할 정도였다.

비슷한 방법으로 향료를 교차시키며 몇 가지를 더 만들었다. 비율을 바꾸거나 순서를 바꾸는 것이다. 중간의 비커에는 쿠마린도 넣었다. 풀 냄새가 잔잔한 그린 향이니 그 또한 나쁘지 않았다.

다음으로 할 일은 방치였다. 방치하면 향이 깊어진다. 딱 3일만 방치해 보고 최종 정리에 들어갈 생각이었다.

—지하실?

—대장간?

—오래된 절?

—할머니의 외갓집?

—고물상?

상미와 이린에게 시향을 시키자 다양한 반응이 나왔다. 둘의 후각이 뛰어나지 않은 건 강토가 잘 안다. 그래서 오히려 좋은 측면도 있었다. 패션쇼 참관자들은 대개 보통 사람들이기 때문이었다.

아무튼 느낌은 다 '옛날'이었다.

시향이 끝나자 상미가 스케줄표를 상기시킨다. 현아가 예약된 날이었다. 아마도 새로운 향수가 필요한 모양이었다.

시간이 좀 남았으므로 르네상스의 반대편으로 날아갔다. AI 시대의 향이었다. 이 테마는 메탈릭으로 정했다. 패션쇼에 맞춰 보면 실버 메탈릭이 좋을 것 같았다. 이 주제라면 헬리오날이 국대급이었다. 이 아이는 프레시한 금속 향을 뿜뿜거린다. 조금 구체적으로 말하자면 은수저를 핥고 난 후의 느낌?

유사한 향기들이 떠오른다.

「노나디에날」

알데히드에 이중결합을 먹인 향료다. 이 -CH=CH-는 후맹 시대의 강토도 느낄 만큼 강력한 오이 냄새를 풍긴다.

알데히드 생각이 또 갈래를 친다. 오이 노트에서 알데히드를 제거하는 것이다. 그런 다음에 니트랄을 추가하면 메탈릭한 향이 선명해진다.

「로즈 옥사이드」

이 향료 또한 메탈릭에 가깝다. 클로브나 시트랄 등으로 제어를 하면 전형적인 장미 향에 가까워진다.

노나디에날 소량에 헬리오날을 블렌딩했다. 여기에 베르가모트를 넣자 스파클링한 기분이 확 살아난다. 고귀한 메탈릭이다.

AI 향수도 사정권에 들어왔다.

남은 건 현대와 우주 분위기의 향이다. 현대는 어렵지 않고 우주는 자료 수집이 끝나 가는 참이었다.

여기서 뜻밖의 전화가 들어왔다. 롤스로이스의 한국 지사장이었다.

"네? CF 촬영 팀이 한국으로 들어왔다고요?"

강토가 소스라쳤다. 지금까지 아무런 언질도 없었던 까닭이었다.

—원래는 이분이 스케줄 조절이 필요하다기에 말씀을 못 드리고 있었는데 느닷없이 날아오셨네요. 촬영은 닥터 시그니처의 하우스에서 하면 되고 시간도 오래 걸리지 않을 거라고 하는데 어떻게 할까요? 만약 시간이 안 되면 중국 스케줄을 마치고 와서 찍자고 합니다.

"시간이 오래 걸리지 않는다면야 상관없습니다만."

—그럼 모시고 갈까요? 지금 저랑 같이 계시는데 사실은 닥터 시그니처를 굉장히 뵙고 싶어 하십니다.

"저를요?"

—이분 말씀이 닥터 시그니처랑 이미 만났다고 하십니다. 런던에서.

"런던이라면?"

—저 유명한 안소니 감독님이십니다. 본사 회장님께서 신모델의 중차대함을 고려해 부탁하셨는데 CF는 쳐다보지도 않지만 흔쾌히 받아들였다고 하네요.

'안소니 감독?'

강토 측이 벼락처럼 반응을 했다. 심사 위원으로 나왔던 그 사람이었다.

*　　　　*　　　　*

"안소니 감독님이 촬영을 맡기로 했다고요?"

강토가 되물었다.

—닥터 시그니처도 반가운 모양이군요. 지금 출발하겠습니다.

전화가 끊겼다.

"대표님."

상미가 들어왔다.

"무슨 일 있어?"

"어? 아니… 롤스로이스 CF 모델 건 말이야, 지금 외국에서 촬영 팀이 온다는데?"

"어머, 정말?"

"응, 그 전화야."

"그럼 하우스 정리 정돈 좀 해야겠네?"

"뭐 그럴 거 있어? 아침에도 청소했는데 있는 대로 맞이하면 되지."

"안 돼. 대표님 프라이드가 있지. 아, 그런데 현아 씨 왔는데?"

"그래?"

"지금 파킹하고 있을 거야."

"알았어. 알았으니까 침착."

"절대 그렇게 못 하거든. 이린아, 이린아."

상미가 허둥거리며 조향실을 나갔다.

그러곤 이린과 함께 바로 실내 정리 정돈에 나선다. 괜한 바닥도 쓸고 닦고 로봇 청소기까지 총출동이다.

그런데.

왔다던 현아가 보이지 않았다.

"현아 왔다고 하지 않았어?"

강토가 상미를 바라보았다.

"응. 주차가 마땅치 않은가?"

상미가 이마의 땀을 닦는다. 현아는 그때 들어섰다. 손에는
엄청난 꽃다발이 들려 있었다.

"오빠, 추카추카."

현아가 꽃을 안겨 주었다.

"뭐야? 오늘 내 생일도 아닌데?"

"왜 이러세요? 준서 오빠에게 다 들었거든요."

"뭘?"

"롤스로이스 신모델 차량 향수 먹었다면서요?"

"어어, 정보망 빠르네?"

"축하해요."

"고마워."

"아, 이럴 줄 알았으면 차 무리해서 롤스로이스로 바꿀 걸
그랬나?"

"뭐야? 차 바꿨어?"

"네, 오빠랑 똑같은 노랑 방개차로."

"허얼, 농담 아니었네?"

강토가 뜨악해할 때 또 한 번 놀라운 일이 펼쳐졌다. 대문이 열리면서 들어선 사람, 진짜로 안소니 감독이었다.

"어머!"

현아가 먼저 놀란다. 그녀는 안소니 감독을 알고 있는 모양이었다.

"닥터 시그니처."

안소니가 다가와 강토를 허그했다.

"감독님……."

"여기가 당신 아지트로군요? 벌써부터 우아한 향기가 진동을 합니다."

향을 음미하는 안소니 뒤로 한국 지사장과 촬영 팀이 들어섰다. 안소니의 팀은 두 명이었다.

"두 분이 친하시군요. 제가 안 와도 될 뻔했습니다."

강토와 안소니를 본 한국 지사장이 웃었다.

"무슨 말씀이세요. 일단 들어들 가시죠."

강토가 손님들을 맞았다.

"오빠, 나 다음에 올까요?"

현아가 물었다. 순간 안소니가 고개를 돌렸다.

"……!"

그의 눈동자가 선명하게 반응을 한다. 하지만 지사장이 안을 가리키니 그대로 들어가는 안소니였다.

"현아도 저분 알아?"

돌아선 강토가 나지막이 물었다.

"당연하죠. 저분은 나를 모르지만요."

"그렇구나."

"저 다음에 올게요. 오늘은 오빠가 너무 바쁠 거 같아요."

"아니야. 잠깐만 기다려. 어차피 향수 필요해서 온 거잖아?"

"그렇긴 하지만……."

"내 생각인데 어쩌면 안소니 감독님이랑 얼굴 트고 지내게 될지도 몰라."

"제가요?"

"응, 그러니까 잠깐만."

현아를 달랜 강토가 안으로 들어갔다.

"그뤠잇."

안소니의 걸음은 매장 가운데 설치한 알람빅 앞에서 멈췄다. 오늘은 쥐똥나무꽃 향이 나오고 있었다. 그 생 향에 매료된 것이다.

"향이 기막히군요?"

그가 강토를 돌아본다. 눈인사로 받고 차부터 준비했다. 향에 취한 사람을 깨우는 건 예의가 아니었다.

"굉장한 하우스군요? 단아하면서도 신비스럽습니다. 동서양의 신비가 교차되는 곳이라고 할까요?"

차를 받아 든 안소니가 말했다. 그 옆의 팀원들도 밝은 얼굴이었다.

"다시 뵙게 되어 영광입니다."

강토가 예의를 갖추었다.

"내가 할 말입니다. 롤스로이스 공개 론칭 때나 보나 했는데 또 인연이 닿았네요."

"이래저래 송구합니다."

"그렇죠. 유일하게 제 영화를 엿 먹인 주인공에, 평생 안 하던 CF까지 찍게 만들고 있으니……."

"……."

"하지만 그 두 번이 다 유쾌합니다. 좋은 공부가 될 것 같으니까요."

"그렇게 생각해 주시니 고맙습니다."

"그런데… 밖의 그분, 여배우지요? 코리아의 좀비 영화에 나왔던?"

"기억하시는군요?"

"어떻게 모르겠습니까? 저예산영화가 제 영화를 가로막았다기에 열 번 가까이 돌려 봤습니다. 짧은 배역이지만 인상이 강렬한 배우였거든요."

"저하고는 막역한 친구입니다."

"그렇군요."

"촬영은 어떻게 하실 건지요? 저희가 준비할 게 있습니까?"

"일단 내부를 좀 보고 싶습니다. 괜찮을까요?"

"물론이죠."

강토가 일어섰다.

이날 안소니는 세 번 놀랐다. 하우스의 분위기에 한 번, 향료 보관실의 향료 종류에 또 한 번, 그리고 강토의 조향 오르간이 마지막 세 번째였다.

"하우스 분위기가 어떨지 몰라 스튜디오를 알아보고 왔는데 그럴 필요 없겠네요. 매장의 알람빅 앞도 괜찮고 여기 조향 오르간도 괜찮습니다."

"번거롭게 해 드리지 않아 다행이네요."

"조크지만 저 좀비상도 인상적이고요. 김재한 감독의 영화에 나오는 좀비 형상 맞죠?"

안소니의 시선은 황금 좀비상에 있었다. 오르간의 구석에 세워 두었음에도 눈에 들어온 모양이었다.

"예……."

"그럼 시작할까요? 우리가 워낙 일이 먼저거든요."

"아, 죄송하지만 기자 한 분 불러도 될까요? 제 일상을 궁금해하는 분이 계시거든요."

강토가 지사장에게 물었다. 혹시라도 보안이 걸렸다면 곤란한 일이기 때문이었다. 그런데 대환영한다는 발언이 나왔다.

"이제부터는 저희도 각국 마케팅에 총력을 기해야 할 때죠. 오히려 저희가 요청할 사항입니다."

수락이 떨어졌으니 서나연에게 연락을 했다. 그녀는 날아갈 듯 좋아했다.

—20분 안에 날아갈게요.

20분.

촬영을 지체시키는 건가 걱정했지만 그렇지 않았다. 촬영 준비에도 그만한 시간이 필요했기 때문이었다.

안소니가 팀원을 소개했다. 둘 중의 한 사람이 메이크업아티스트였다. 또 한 사람은 카메라 감독인가 싶었는데 카메라는 안소니가 직접 다루었다.

"안소니 감독님은 주요 씬을 직접 촬영하는 것으로도 유명하시거든요."

지사장의 귀띔이 나왔다.

나머지 한 사람은 의상 담당이었다. 차로 달려가더니 옷을 한 아름 지고 왔다. 열 벌도 넘었다. 그사이에 간이 조명까지 설치가 끝났다. 푸른 조명과 붉은 조명, 황금색 조명이 묘하게 교차되니 신비한 느낌이 제대로였다.

"닥터 시그니처."

서나연이 도착한 건 그때였다. 뛰어온 건지 두 볼이 상기되어 있었다.

안소니가 가져온 의상을 펼쳤다. 강토 몸에 완전 맞춤형이었다. 그 의문 역시 안소니가 풀어 주었다.

"산드라 실장에게 자료를 요청했거든요. 당신이 출입할 때 찍힌 CCTV에서 신체 자료를 얻었습니다."

역시.

고개가 저절로 끄덕여졌다. 그들의 준비는 하나같이 예사롭지 않았다.

반가운 말도 있었다.

"촬영이 끝나면 이 옷은 모두 당신 선물로 남을 겁니다."

놀랄 사이도 없이 촬영 준비가 시작되었다. 안소니 머릿속에 든 구상은 세 가지 분위기였다. 여러 생각이 많았는데 강토와 하우스를 보자 결론이 나왔다고 했다.

하나는 간소한 레이스가 달린 흰 셔츠에 검은 바지만으로 세팅, 또 하나는 매끈하고 세련된 수트, 마지막 하나는 중세의 연금술사처럼 멋을 부린 의상이었다.

프로페셔널다운 주문도 나왔다.

"차량에 장착될 향수 있죠? 뿌리고 하면 더 좋을 것 같습니다."

반가운 말이었다. 그렇잖아도 강토도 그 생각을 하고 있었다. 향은 영상에 찍히지 않는다. 하지만 분위기는 잡을 수 있었다. 그런 척하는 것과, 실제로 그런 분위기는 아주 달랐다.

스슷스슷.

상미와 이린이 수고를 해 주었다. 적정한 농도가 되도록 '우디 속살에 꽂힌 레더'를 분사해 준 것이다. 구석으로 물러난 지사장의 눈빛 역시 더없이 진지했다.

촬영이 시작되었다.

그때마다 분장도 바뀌었다. 그럼에도 번거롭지 않았다. 메이크업아티스트의 터치는 세련되었고 분위기를 달리하는 조명도 편안하고 부드러웠다.

「자부, 장중, 품격」

안소니의 앵글이 맞추는 포커스였다. 연출 또한 매끄러웠으니 오래 걸리지도 않았다.

그때마다 서나연의 카메라가 더 바빴다. 그녀는 안소니의 작업에 방해가 되지 않는 범위 내에서 가장 바쁘게 움직이고 있었다.

촬영은 그렇게 끝났다.

하지만 아주 끝은 아니었다.

"향수 말입니다. 자료를 봤더니 숙성의 과정을 거친다고요?"

마지막 컷 촬영을 마친 안소니가 물었다.

"보통은 그렇습니다."

"죄송하지만 영화도 그렇습니다."

"영화도요?"

"혹시 아까 그 여자분 밖에 계신가요?"

"예."

"죄송하지만 제가 잠깐 만나 볼 수 있을까요?"

"물론이죠."

밖으로 나와 현아를 만났다. 마지막 촬영 복장인 연금술사 풍의 의상을 입은 채.

"오빠, 너무 멋지잖아요?"

현아가 뒤집어졌다.

"땡큐, 그런데 더 멋진 일이 일어났어."

"뭔데요?"

"안소니 감독님이 현아랑 데이트 좀 하고 싶으시다던데?"

"저랑요?"

현아의 눈이 휘둥그레진다. 생각지도 못한 돌발이 나온 것이다. 현아가 수락하자 두 사람은 몇 마디 나누더니 인사동거리로 나갔다. 불어에 능통한 현아지만 영어는 기본이었고 이제는 중국어까지 구사한다. 그러니 언어의 장벽 따위는 걱정할 것도 없었다.

"기자님."

그제야 서나연을 돌아보는 강토였다.

"잠깐만요."

서나연의 카메라는 아직도 돌아가고 있었다. 강토의 일거수일투족이 그녀의 앵글 안으로 들어갔다.

30분쯤 지나자 안소니와 현아가 돌아왔다. 둘의 표정이 아까보다 밝았다. 체취도 한결 부드러웠으니 나쁜 일은 아닌 것 같았다.

안소니는 다시 프로페셔널로 돌아갔다. 바로 촬영 화면을 검토한다. 그제야 알았다. 안소니에게는 기분 전환이 필요했다. 프로페셔널이라고 해도 자기도취에 휩싸이는 경우가 많다. 일단 좋다라고 생각해 버리면 다른 생각이 들어오지 않는 것이다.

하지만 기분이 바뀌면 다르다. 다른 각도에서 볼 수 있기 때문이다.

결국 첫 컷의 재촬영 주문이 나왔다. 레이스가 달린 흰색 셔츠 컷이었다. 스탠딩 자세를 여러 컷 찍었다. 주변 배경은 더 어두워지고 하이라이트는 더 강해졌다.

"됐습니다."

촬영된 컷들을 확인하더니 OK 사인이 떨어졌다.

'후우.'

강토도 비로소 날숨을 밀어냈다. 모델이 된다는 건, 향수를 만드는 것보다 어려운 일 같았다.

간이 세트에서 기념 촬영을 했다. 강토와 안소니가 첫 주자였고 안소니와 현아, 안소니와 상미 & 이린이었다. 안소니가 다녀간 기록은 상미 손에 의해 인증 샷으로 담겼다.

모델비는 10억이 책정될 거라는 통보를 받았다. 아쉬운 것은 한국에서는 광고가 나가지 않는다는 거였다.

"모델비가 과한 거 같은데요?"

강토가 지사장에게 의견을 전하자.

"롤스로이스 모델 중에서 역대 최저가입니다. 그나마 계약 조항에 매출 신장에 비례해 인센티브를 주는 연동 장치를 삽입했으니 이해해 주시기 바랍니다."

지사장은 한술 더 떠 버렸다.

"그럼 다음에 또 뵙시다."

안소니가 작별을 알려 왔다.

"가시게요? 한식이라도 대접하고 싶은데……?"

"불쑥 왔다가 불쑥 가는 게 제 스타일입니다."

"그럼 잠깐만요."

향수 몇 개를 가져왔다. 시향을 시킨 후에 하나씩 고르라
고 하자 안소니는 두말없이 좀비 향수를 집어 들었다.

"속편을 구상 중이었는데 기막힌 영감을 줄 것 같습니다."

안소니가 웃었다.

"와아……."

안소니와 지사장 등이 돌아가자 상미와 이린이 비로소 안
도의 숨을 쉬었다.

"고생했다."

강토가 멤버들을 챙겼다.

"고생은? 우리 너무 흥분해서 그래. 안소니 감독님… 세계
적인 감독님이잖아?"

상미의 흥분은 아직도 펄펄 끓고 있었다. 그러고 보니 서나
연의 얼굴도 그랬다.

"안소니 감독님 인터뷰를 땄잖아요? 닥터 시그니처 기사에
기막힌 양념이 될 거거든요."

그런데 이들보다 더 흥분한 사람이 있었으니 바로 현아였

다. 애써 감추고 있지만 그녀의 체취에서 대박을 읽어 버리는 강토였다.

"현아도 좋은 일?"

짐짓 질문을 날리는 강토.

"네, 오빠."

현아가 바로 무너진다.

"혹시 안소니 감독님 영화에 캐스팅?"

"네, 그러재요. 저 보는 순간 꽂힌 게 있다고… 농담인 줄 알았는데 아까 밖에서 바로 저희 소속사에 연락을 때리셨어요. 정식 계약서를 보낸다고 말이죠."

제3장

—

스페셜하고 또 스페셜한

"대박."

상미와 이린이 합창을 했다.

"저도 꿈만 같아요. 오늘 오빠 하우스에 오길 정말 잘했나 봐요."

현아 눈에 습기가 서린다.

"뭘, 다 실력 때문이지. 좀비 영화 속에서 짧은 분량이지만 굉장히 인상적이었잖아?"

"그래 봤자 한 5만 들어오고 끝날 수 있는 영화였어요. 그걸 오빠가 살려 주니까 안소니 감독님이 보신 거잖아요? 우리 좀비 영화, 대체 어떤 매력이 있는지 수도 없이 돌려 봤다고 하시더라고요."

"아무튼 감독님하고 현아의 능력이야. 향수가 캐스팅의 이유가 될 수는 없어."

"그건 맞지만 계기를 만들어 준 건 오빠예요. 우리 영화 미국 진출도 하게 되었거든요."

"진짜?"

"어제 들었어요. 미국 쪽 배급사에서 좋은 조건으로 계약을 받아 줬대요. 안소니 감독 영화를 뭉갠 좀비 영화라 먹힐 것 같다면서……."

"희소식이네?"

"그런데 저까지 묻어 가게 생겼으니……."

"묻어 가다니? 기왕 진출할 거면 할리우드도 쓸어버려야지."

"그럴까요? 오빠의 향수처럼?"

"들어가자. 향수 필요하다며?"

강토가 조향실을 가리켰다. CF 촬영 때문에 너무 오래 기다리게 한 것이다.

"중국에 이어 미국까지 쓸어버릴 우리 대스타님, 어떤 향수가 필요하시나요?"

"이번 향수는……."

본론으로 들어가자 현아 표정이 복잡해진다.

"뭐야? 어려운 거야?"

"좀 그래요."

"그러니까 슬쩍 오기가 생기는데?"

"실은 제가 좀 곤란해져서요."

"말해봐."

강토가 의자에 등을 기댔다. 분위기로 보아 몇 마디로 끝날 건이 아닌 것 같았다.

"실은 대시를 하는 남자가 있어요."

"어? 진짜?"

"그런데 문제는……."

"현아 스타일이 아니구나?"

강토가 질러 나갔다. 자꾸 버벅거리니 편하게 길을 터 준 것이다.

"네."

현아가 수긍했다. 그렇다면 이제부터는 들어 주기만 하면 되었다.

"제가 데뷔작 찍을 때 남주였던 선배세요. 굉장히 친절하고 좋은 분이라 여러 가지 조언도 받고 연기 지도도 받았어요. 그러다 보니 촬영이 없을 때 더러 만나기도 했고요."

"……."

"저는 진짜 좋은 선배님으로만 생각하고 있었는데……."

"……."

"중국에서 돌아온 날 저녁 때 만났는데 술을 마시면서 그런 말을 하세요. 제가 이성으로서 마음에 든다고……."

"……."

"술김에 하는 말인 줄 알고 웃어넘겼지만 그게 아니었나 봐
요. 어제는 엘리베이터에서 스킨십까지 시도하더라고요. 저는
선배님을 이성으로 생각하지 않았다고 했더니 뻘쭘해하더니
기다리겠다고 해요. 언제까지든."

"……."

"아시다시피 연예계가 굉장히 민감한 곳이에요. 손만 잡
아도 잤다고 하는 판이죠. 문제는 이분이 좋은 분인데다 제
게 도움도 많이 주었고 앞으로도 계속 만나게 된다는 거
죠."

"그래서? 강력한 악취 향수 같은 거라도 필요한 거야? 얼씬
도 못 하게 만드는?"

"네."

현아가 기다렸다는 듯이 반응했다.

"제가 좀비 향수도 뿌려 봤거든요? 그런데 그 향수는
그 선배도 가지고 있더라고요. 오히려 취향에 맞는다면서
더……."

"그렇다고 해도 악취 향수는 안 되지. 그럼 현아 이미지도
버릴 거야."

"방법이 없을까요?"

"마음에 없는 사람이 제풀에 질려서 떨어져 나가게 하는?"

"네."

"있지."

"정말요?"

"오래 걸리지 않을 테니까 일주일 후쯤에 들러."

"와아, 정말이죠?"

"대스타가 되실 분인데 그런 일은 빨리 정리하는 게 낫지."

"고마워요."

"천만에. 대신 비싸게 받을 거야."

"그건 문제없어요."

"이제 가 봐. 오늘 너무 오래 기다렸다."

"그래야겠어요. 그런데 오빠."

일어서던 현아가 강토를 바라보았다.

"응?"

"준서 오빠 얘기 들었어요?"

"준서 형?"

"우리 엄마에게 들은 얘긴데 좋은 소식이 있을지도 모른대요."

"무슨?"

"준서 오빠 비하인드 스토리는 오빠도 알고 있죠?"

"뭐, 조금……."

대충 대답했다. 안다고 할 수도 모른다고 할 수도 없기 때문이었다.

"오빠니가 말하는 건데 준서 오빠 친아버지가 가리온스위트의 회장님이래요."

"그래?"

"사연은 좀 복잡한데 아무튼 그건 사실이에요. 그런데 그 회장님이 준서 오빠 엄마를 찾아왔었대요."

"……?"

"그동안 간간이 연락한 적은 있지만 회장님이 찾아온 건 처음이래요. 분위기도 좋았다고 하고."

"……"

"준서 오빠 초콜릿 얘기도 많이 했다더라고요. 개업했다고 하니까 가게도 알려 달라고 했고요."

"……"

"회장님 아들이 마약중독으로 병원에 있는데 오래 살지 못하나 봐요. 그러니 어쩌면……."

어쩌면.

말줄임표 속에 희망의 방점이 찍혔다. 현아도 강토도 그 방점에 대한 의견은 입 밖으로 내지 않았다.

현아가 돌아갔다.

강토 혼자 생각에 잠겼다.

준서의 친아버지 마병길.

초콜릿 가게에서 보았던 그 사람.

그 얘기는 현아에게 하지 않았다.

하지만 현아 이야기와 매칭시켜 보니 그림이 좀 더 구체화되었다.

확실히.

준서 형에게 나쁜 쪽은 아닌 것 같았다.

"이린, 나 좀 보자."

그러나 준서의 일, 강토가 할 일은 따로 있었다.

"네, 대표님."

이린이 조향실로 들어왔다. 손에서 쥐똥나무 향이 났다.

"힘들지?"

강토가 물었다.

"전혀요."

"가의도는 어땠어?"

눈코 뜰 새도 없다 보니 이제야 체크를 하는 강토였다.

"멋졌어요. 봄꽃들이 지천으로 피고 있거든요."

"꽃 말고 추출 작업 말이야."

"권 실장님이랑 새벽처럼 일어나서 움직였는데 하나도 힘 안 들었어요."

"거기 가서 몇 년 썩을 수도 있겠어?"

"네?"

돌발 질문에 이린이 고개를 들었다.

"몇 년 썩을 수도 있겠냐고?"

"문제없어요."

대답이 바로 나온다. 강토에게 잘 보이려는 대답이 아니었다.

"동물 기름 만지고 불 때고, 기름 젓고, 여과하고… 완전 노가다였을 텐데 그래도 좋다고?"

"향수를 만드는 과정이잖아요? 그 고생 끝에 포마드가 나오고 에센스가 나올 때면 굉장히 뿌듯했는걸요."

"좋아. 좋은 경험이었다니 나도 기분 좋네."

"저 또 보내도 괜찮아요. 그러니 언제든 말씀만 하세요."

"알았어. 그런데 오늘은 다른 임무가 있어."

"그것도 말씀만 하세요."

"권 실장에게 사람 체취 뜨는 법 배웠어?"

"네, 셀프 실습도 했어요."

"그럼 친구들 몇 명 데리고 향 좀 받아 줘."

"어떤 향요?"

"이린이는 뭐가 제일 무서워?"

"음… 귀신? 교통사고 당한 사람? 번지점프대?"

"공포영화는 어때? 그것도 무섭다며?"

"맞아요."

"친구들 말이야, 겁이 제일 많은 사람으로 한 다섯쯤 골라서 공포영화 좀 보고 와. 대신 친구들에게는 미리 공개하지 말고 가장 무서운 걸로."

"네?"

"그 체취가 필요해."

"대표님······."

"그거 알아? 새로 태어난 쥐들은 한 번도 맡아 보지 못한 고양이 냄새에 공포를 느낀다는 거?"

"몰랐는데요?"

"쥐뿐만 아니라 사람도 그래."

"사람도요?"

"이론에도 나와. 식은땀 냄새가 나면 사람의 공포 담당 중추가 활성화되거든. 그런 땀이 필요해."

"공포 향수 만드시게요?"

"응, 필요한 사람이 있네?"

"······."

"알바비는 영화 티켓 제공에 1인당 20만 원."

"앗, 영화도 보여 주고 20만 원이면 개꿀 알바잖아요?"

"사전에 절대 영화 내용 알려 주지 말고."

"알았어요."

이린이 일어섰다.

이 미션은 현아의 향수를 위한 것이었다.

공포감.

정말 냄새로 전달될까?

당연히 된다.

그중에서도 극한의 공포 상황에서 흘린 식은땀이 최고로 좋다. 군대로 치면 '처음' 실시하는 낙하 훈련 같은 것이다. 민간에서는 처음 하는 번지점프 같은 것도 괜찮다. 영화로 대용하는 건 편리성 때문이었다.

공포에 절은 식은땀이 나오면 그걸 추출해 향수를 만들 생각이었다. 그 향수를 현아에게 건넨다. 현아는 그걸 뿌리고 그 선배를 만난다.

상대에게 느끼는 공포감.

한 번은 몰라도 두 번이면, 혹은 세 번이면, 현아에 대해 다시 생각할 수밖에 없다.

하지만 그냥 악취 향수 같은 걸 쓰게 되면…….

"공현아 걔, 알고 보니 겨취인지 구취인지 아오, 완전 죽이더라."

…라는 악소문이 따라다닐 수 있었다.

추출 준비를 할 때부터 전화가 바빠지기 시작했다. 스타트는 손윤희였다.

―닥터 시그니처.

"어? 안녕하세요? 향수 떨어졌나요?"

―내가 무슨 향수 떨어질 때만 전화하는 사람이야? 축하해. 롤스로이스 차량 향수에 모델까지 한다고?

"어? 어떻게 아셨어요?"

―방금 인터넷 기사 올라왔다던데?

"아……."

―대단해. 우리 닥터 시그니처.

"다 여사님 덕분입니다."

—또 그 소리네. 내가 준서네 초콜릿 좀 주문했으니까 갈 거야. 멤버들하고 에너지 좀 보충해.

"감사합니다."

전화 끊기 무섭게 초콜릿과 꽃이 도착했다. 초콜릿은 네 상자였다. 멤버 숫자대로 보낸 것이다. 이때부터 전화 공세는 더 거세졌다. 라파엘은 물론이고 이창길 교수에 유쾌하 실장, 오연지 팀장 등이었다. 장규희 피디는 언제 특집 한번 내자고 성화를 부렸고 제이미와 주디 등도 축하 꽃을 보내 왔다.

선물의 최고 압권은 박광수 회장 부부였다. 롤스로이스 차 량처럼 생긴 특별한 케이크를 보내준 것이다. 전화로 고마움 을 전했다.

"대표님."

전화 폭풍이 잦아들자 상미가 노트북을 가리켰다. 서나연 이 올린 인터넷 기사였다.

「향수 국대 닥터 시그니처」

「변방 한국 조향의 미친 쾌거」

댓글들이 쓰나미처럼 몰려든다. 하나같이 응원의 소리였다. 향수에 있어서는 불모지나 다름없는 한국. 그렇기에 향수 관런자들이나 향수 애호가들의 성원이 눈물겨웠다.

고맙습니다.

각오를 다지고 현아를 위한 향수 스케치에 들어갔다.

하트 노트는 당연히 식은땀 냄새.

그래도 향수의 격식은 갖춰 주기로 했다.

톱 노트에 샤프란을 세웠다. 샤프란은 세련미를 부각시킨다. 향도 좋으니 현아의 이미지와 맞았다. 공포감 향수라고 해서 공포만 강조하는 건 초보들의 일이었다.

하지만 샤프란은 차가운 향료 계열이다. 여기에 숨은 의도가 있다. 첫인상은 좋지만 슬슬 분위기를 바꾸는 것이다.

두 번째 선택은 시나몬과 페퍼, 유칼리 등이다. 이 향료를 쓰면 향이 까칠해지거나 강하게 변한다. 여기에 코리엔더와 유향, 몰약 등을 가미하면 차갑고 축축한 분위기가 연출된다.

악센트는 살리실산벤질에게 맡긴다. 이 향료는 고전 향수의 단골 향료다. 절대다수가 냄새를 맡지 못한다. 그러나 진한 MSG와도 같아 들어가기만 하면 플로럴 노트의 향을 풍성하게 만들어 준다. 본질을 감추고 샤프란을 강조하기에 딱이었다.

「톱 노트─샤프란, 코리엔더」

「하트 노트—식은땀 추출 향, 유칼리, 퀴놀린」
「베이스 노트—스웨이드, 몰약, 유향」

대략의 스케치가 끝나 갈 때 이린이 돌아왔다.

"대표님."

그녀가 들어서자 서늘한 느낌이 함께 왔다. 식은땀 냄새들 때문이었다. 이린이 유지가 묻은 리넨을 꺼내 놓았다. 식은땀 냄새가 제대로였다.

그런데…….

가장 공포스러운 땀이 맺힌 리넨에서 이린의 체취가 진동을 했다.

"이린, 이거 네 거지?"

"네. 뭐가 잘못됐나요?"

"그게 아니라 여기 담긴 공포감이 가장 강하잖아?"

"헤헷, 죄송해요. 제가 공포영화에 겁이 좀…….."

"그럼 애들만 시키지 그랬어?"

"대표님 미션인데 그럴 수는 없죠."

"그래서? 겁에 질린 채 영화를 봤단 말이야?"

"네…….."

"헐."

황당했다. 이린의 공포는 아직도 남아 있었다. 강토 가슴이 심쿵해졌다. 이린이 향수를 얼마나 좋아하는지 알 것 같았다.

위로해 줄 게 없으니 손윤희가 보낸 초콜릿을 강토 몫까지 안겨 주었다.

"고맙습니다. 대표님."

초콜릿을 받아 든 이린은 아이처럼 좋아했다.

*   *   *

"대표님."

상미가 조향실로 들어왔다.

"왜?"

"구 여사님 따님이 오셨습니다."

"들여보내."

강토가 새로 들어온 아이리스 향료를 밀어 두었다.

"안녕하세요?"

20대 중반의 배가은이 들어왔다. 구혜선은 금란백화점 박회장 아내의 절친이다. 그의 남편이 청와대 고위층이지만 특별히 표시 내지도 않는 사람. 그 딸도 그랬다. 빛나는 20대지만 향수 하나 뿌리지 않았다. 몸에서 나는 냄새는 샴푸와 비누 냄새뿐이었다.

"바쁘신데 죄송합니다. 솔직히 말하면 향수 써 본 적도 없는데 제가 대기업에 합격을 했어요. 머잖아 발령이 날 것 같은데 거기 여직원들 복장이 장난 아니라고 그래요. 향수는 기본이라고도… 그래서 고민을 했더니 어머니가 여기를 추천하시네요?"

"네……."

"향수, 그거 꼭 써야 하나요?"

그녀의 질문은 소박했다.

사실 이렇게 묻는 사람이 많았다.

향수.

꼭 써야 할까?

어떤 사람은 이렇게 말했다.

「향수를 쓰지 않는 여자는 미래가 없다.」

강토 생각은 달랐다. 내키지 않으면 안 써도 된다. 하지만 배가은은 체취가 썩 좋은 편이 아니었다. 그 팩트를 짚어 주었다.

"그럼 써야겠네요. 그런데 향수가 너무 어려워서요. 친구들이 뿌리고 다니는 거 보면 탑탑하고 매콤하고, 꼬릿하고… 어떨 때는 엘리베이터에서 숨이 턱 막힌 적도 있거든요."

"그런 향수도 많습니다. 파우더리하고 스파이시한 향수, 그리고 장미나 재스민처럼 좋은 향도 퀄리티가 나쁘면 꼬릿한 냄새로 마감이 되죠."

"퀄리티가 좋으면 다르다는 거네요?"

"여기서 말하는 퀄리티는 향료의 안정성입니다. 저희 말로

어코드라고 하죠."

"어코드… 들어는 봤어요. 그럼 제게 어울리는 향수도 있을
까요?"

"그걸 못 찾아 드리면 조향사가 능력이 없는 겁니다."

치잇.

강토가 뿌린 건 시트러스였다. 초보자는 시트러스가 무난
하다. 남들이 말하는 최애 향수와 인생 향수들. 그건 취향 차
이가 될 수 있었다.

"와아, 시원하다."

치잇.

그녀가 반응하자 그 위로 달달한 향을 뿜어 주었다. 두 향
은 허공에서 레이어링이 되었다.

"이건 괜찮은데요?"

"잠깐만요."

바로 스케치에 들어갔다.

흰색 감귤 향료를 떨구고 장미 향료의 하나인 게라니올을
떨군 다음 시향지를 적셔 그 앞에 흔들어 주었다.

"향긋하고 시원하네요?"

"잠깐만요."

이번에는 용연향 시향지를 건네 주었다.

"뭐랄까요? 신선한 공기 냄새? 바닷물 냄새도 나는 것 같고
요."

"용연향입니다. 이렇게만 배합해도 싱그러운 향수가 되죠. 이런 것도 마음에 안 들까요?"

"아뇨. 이런 향은 좋네요. 탑탑하거나 맵지 않잖아요?"

"그럼 이건 어떨까요?"

경계심을 풀어 놓고 조금 더 진행을 했다. 이번에는 향수의 양대 산맥 재스민이었다. 조금 강렬한 향료를 택했다. 재스민은 향이 강해야 상쾌한 느낌이 높아진다.

"좋은데요?"

"조금 변화를 줘 보죠."

알데히드를 미량 추가했다. 향이 한결 은은해졌다.

"이게 더 마음에 드는 것 같아요."

배가은의 얼굴에 듀셴 미소가 떴다. 경계심이 완전히 날아갔다는 뜻이었다.

다음은 라벤더였다. 파인 향을 더하고 오크모스와 베르가모트로 마감을 했다. 향수의 초보자기 때문이었다. 만약 그녀가 향수에 능숙하다면 파출리를 더한 다음에 앰버나 사향으로 갔을 강토였다.

"이것도 좋아요."

그녀의 마음이 열리자 조금 더 진도를 뺐다. 목화와 연꽃 조합이었다. 이 조합은 예쁜 여자들에게서 나는 냄새로 불린다.

"어쩜……."

그녀 볼에 홍조가 진다. 그러더니 처음과는 아주 다른 말을 꺼내 놓았다.

"그냥 확 젖어 버리고 싶을 정도예요."

마침내 그녀, 강토의 향수 세계로 들어왔다.

"그런데 향수에도 사실 루틴이 있습니다. 왜냐면 냄새라는 게 또 하나의 인격일 수 있거든요. 그래서 가볍게 뿌리는 향수와 비즈니스를 위한 향수는 구분되어야 합니다."

"그럼 업무용은 어떤 향인가요?"

"바로 이거죠."

강토가 내민 건 우디 향의 블로터였다.

"이런 향은 상대방에게 안정감에 더불어 신뢰를 주죠. 반면 데이트용으로 적합한 장미나 재스민, 일랑일랑 등은 비즈니스에 마이너스가 될 수 있습니다."

"그렇군요. 그럼 관리법이나 사용법은요? 저는 정말 공부만 해서 아무것도 몰라요."

"처음에 좋아하신 시트러스라면 엘리베이터 컷이라는 말이 나올 정도로 빨리 날아갑니다. 시트러스 노트의 운명이죠. 얘들은 분자량이 작아서 태생상 어쩔 수 없거든요. 퍼퓸 정도의 퀄리티가 아니라면 자주 뿌려 주는 수밖에 없습니다. 다만 베이스를 알코올이 아니라 오일로 하면 훨씬 나아지기는 합니다."

"뿌리는 건요? 인터넷 뒤져 봤더니 목이다 손목이다 어깨다

옷이다… 머리가 다 아프더라고요."

"목과 손목을 말하는 건 거기서 맥이 뛰기 때문입니다. 향수는 그런 곳에 뿌리는 게 기본이지요. 하지만 일반 향수들은 합성향료와 화학적 성분이 많이 들어가기 때문에 옷에 뿌리는 것도 나쁜 선택은 아닙니다."

"그럼 분사 횟수는요?"

"기본적으로는 두 번이 좋아요. 하지만 외부로 나가거나 주변에 사람이 없는 사무실이라면 세 번을 뿌려도 상관없겠죠."

"흐음, 두 번……."

"조금 익숙해지면 성격이 다른 향수로 레이어링을 해도 됩니다. 예를 들면 플로럴 위에 시트러스, 스파이시 위에 플로럴 같은 식으로 말입니다. 형식 역시 같은 곳이어도 되고 아니면 상체와 하체로 나눠도, 앞과 뒤로 나눠도 됩니다. 레이어링은 자신의 개성을 한 번 더 살리는 것이니 자기 기분대로 맞춰 가시면 됩니다."

"그건 재미날 것 같은데요?"

"향수는 뿌리다 보면 그 매력을 알게 됩니다. 처음부터 다 알고 시작할 필요는 없어요."

"그럼 저는 일단 목화와 연꽃, 그리고 우디 노트로 맞춰 주세요. 어머니가 합격을 축하하는 의미로 대 주신다고 했으니 가격은 상관없어요."

"그렇게 하죠. 다만 향수는 시간이 좀 걸리니 한 달쯤 후에 찾으러 오세요. 바쁘시면 저희가 보내 드리기도 하는데 그래도 숙성을 하면서 사용해야 합니다. 매력적인 향이 되려면 6개월이 적정이거든요."

"아, 향수가 바로 만들어서 사용하는 게 아니었군요?"

"그래도 되지만 깊은 매력이 좀 떨어집니다. 과일로 치면 맛이 들기 전에 따 먹는 거라고 할까요?"

"흐음, 오길 잘했네요. 유명하신 분에게 과외를 받으니 향수 박사가 된 것 같아요."

배가은이 일어섰다. 향수의 매력을 알게 된 것이다.

이럴 때 보람을 느낀다. 매상을 올려서가 아니라 향수의 저변을 넓혔기 때문이었다.

테이블을 정리하고 하던 일로 돌아간다. 현아 향수의 마무리가 남았다.

*　　　*　　　*

"……?"

향수 상담을 마치고 쉬고 있던 상미가 오싹한 표정으로 돌아보았다. 거기 강토가 서 있었다.

"쉿."

손가락 신호를 날린 강토가 이린에게 다가갔다. 그녀는 니치와 시그니처 향수 발송을 준비 중이었다. 그녀 역시 동작을 멈추더니 벼락처럼 고개를 돌렸다.

"대표님."

이린의 얼굴도 하얗게 질려 있다. 긴장이 극도에 달한 표정이었다.

"왜?"

시치미를 떼며 물었다.

"향수 나왔군요?"

이린이 되물었다.

"그래."

치잇.

강토가 허공에 스프레이를 발사했다.

"……!"

이린이 바로 움츠러든다.

치잇.

상미도 그랬다.

"오싹해."

몸서리도 친다.

"저도요. 귀신이라도 다가오는 줄 알았어요."

이린 역시 몸을 움츠렸다. 현아의 향수였다. 완성이 된 것이다.

3일이 지난 후, 강토가 테스트 향을 확인했다. 스케치의 방

향은 제대로였다. 주제를 따라가는 어코드도 안정적이었다. 변한 것은 살리실산벤질의 양을 약간 더해 샤프란의 향을 강화해 준 것뿐이었다. 그래도 형식은 플로럴 노트니까.

완성된 포뮬러로 셀프 시향을 했다.

눈을 감으니 바로 공포가 내려왔다. 모골이 송연해지는 것도 느꼈다. 조금 더 강하게 갈까 싶은 생각도 들었지만 그쯤에서 끝냈다. 이것으로도 원하는 목적은 달성할 수 있었다.

"이린이 언제 방송국에 가?"

강토가 상미에게 물었다. 연예인들은 때로 방송국으로 니치나 시그니처의 배달을 원하고 있었다.

"오후에 갈 건데?"

"잘됐다. 그럼 이거 현아에게 주고 와. 오늘 스튜디오 촬영이 있다고 했거든."

"알겠습니다."

이린이 향수를 받아 들었다.

"아, 그리고 이린이 우주 향기 자료 다 찾아 왔는데? 아, 한 가지는 못 했대."

상미가 레포트를 건네주었다.

"한 가지?"

"쟤가 글쎄 러시아의 우주인들에게 메일까지 보냈잖아? 혹시 우주 유영할 때 입었던 우주복 있으면 소품 같은 거라도 하나 받을 수 없냐고?"

"그래?"

"퇴짜는 맞았지만 굉장하지? 거기까지 생각하다니……."

"배 실장이 뽑은 사람이잖아? 어련하겠어?"

"그래? 내가 사람 보는 눈이 있나?"

상미가 웃는다.

"우주복에 우주 냄새가 배어 있을 거 같아서요. 그런데 일체형이라 일부는 줄 수 없고 전체라고 해도 목숨 같은 것이라 줄 수도 팔지도 않을 거라네요. 또 연락이 닿은 다른 우주인은 자기 우주복은 국가에 반납해서 없다고 하고… 그래서 우주 냄새에 대한 의견만 받아서 붙였어요."

이린의 설명이었다.

우주 향수에 대한 자료.

이린에게 맡긴 건 강토의 의도였다. 강토가 찾을 수도 있지만 이린에게 공부를 시킨 것이다. 불평도 없이 잘해 주니 고마울 뿐이었다.

우주.

자료를 가지고 향수 오르간 앞에 앉았다.

우주는 어떤 냄새가 날까?

우주에 널린 물질은 수소와 헬륨이다. 화학적으로는 둘 다 무색에 무취하다. 즉 냄새가 없었다. 그러나 조향사 입장에서 보면 냄새가 없을 리 없다. 직접 우주로 나간 우주인들도 우주복을 벗고 우주 냄새를 맡은 적은 없다. 그럴 수도 없다.

가장 확실한 건 역시 강토가 직접 가서 냄새를 맡는 것이다. 하지만 그럴 수 없다.

그럼에도 우주 향수라는 게 나와 있다. NASA에서 우주인들의 적응 훈련을 위해 만든 우주 냄새였다. 우주인들의 경험담과 그들의 우주복을 분석해서 자료로 삼았다.

이린이 찾은 게 그런 자료들이었다. 자료 속에는 우주 향수도 들어 있다. 강토도 이미 시향을 한 그 향수였다. 흔하지 않지만 시판도 하고 있었다.

우주인들의 소감이 보인다.

"경주용 자동차들 레이싱 경기장 말입니다. 타이어가 터져라 타는 냄새를 뿜으며 달리는… 그런 냄새 같은 게 납니다."

"벌겋게 달궈진 쇳덩어리에 바비큐 냄새를 끼얹은 느낌?"

"딱 스테이크에 럼주를 끼얹은 냄새죠."

우주인들의 증언이다.

공통분모를 뽑으면 '타는 냄새'가 나온다.

화학적으로 접근하면 이해가 간다. 별의 대기 성분 때문이다. 천왕성 같은 경우는 대량의 황화수소로 구성되어 있다. 이 분자에서는 계란 썩는 냄새가 난다. 목성의 구성 성분은 여러 가지인데 시안화수소가 많다. 이건 쌉쌀한 아몬드 냄새로 정의된다.

우주인들이 말하는 스테이크 냄새도 화학적으로 보면 이해가 된다. 그건 다환 방향족 탄화수소, 즉 PAHs의 냄새다. 여기에는 불타는 쇳덩이와 디젤 냄새도 포함된다. 즉 소멸기에 이른 항성들이 셀프 연소가 되면서 방출한 다환 방향족 탄화수소가 그것들이었다. 이들은 우주먼지에 섞여 우주 공간을 떠다닌다. 영원히.

과학자들은 이 탄화수소들을 지구의 생명체를 탄생시킨 기반으로도 보고 있다. PAHs의 냄새에는 석유와 석탄, 음식 냄새도 들어 있기 때문이었다.

「럼주, 디젤 연료, 스테이크, 극한 마찰의 타이어 냄새, 황화수소와 시안화수소, 그리고 PAHs…….」

우주 냄새를 이루는 냄새 분자들, 혹은 유사한 분자를 놓고 향기를 피워 본다.

냄새들이 섞일 때마다 악취의 레벨이 올라간다. 그나마 럼주와 스테이크, 디젤 연료까지는 괜찮았다. 황화수소와 시안화수소가 더해지자…….

'윽.'

강토도 코를 찡그렸다.

주정을 버리고 다시 시작한다. 이제는 향수 버전이다. 황화수소와 시안화수소는 미량을 넣어 잔향으로 남기고 럼주와 스테이크 냄새를 하트 노트로 삼았다. 악센트는 달아오른 쇳덩이 냄새다. 문득 캠핑장 생각이 났다. 숯불에 걸친 석쇠에 두툼한 등심을 올리고 냄새를 잡기 위해 뿌린 소주 한 잔. 토닥토닥 하늘로 올라가던 불씨들. 그 불씨가 만난 우주⋯⋯.

인간이 생각하는 우주 냄새는 불과 기름 냄새가 깃든 스테이크 냄새였을까?

생각이 깊어질 때 핸드폰 화면에 불이 들어왔다. 현아였다.

―오빠, 통화 가능해요?

"그럼."

―향수 잘 받았어요. 그리고 효과도 봤어요.

현아 목소리는 하늘의 별처럼 높았다.

"벌써?"

―촬영 끝나고 식사 갈 때 같이 가자고 하더라고요. 딱히 거절하기도 그래서 시험해 보았어요. 그 향수를 뿌리고 조수석에 앉았죠. 물론 표정 연기도 좀 가미했어요. 시니컬하게요.

"그랬더니?"

―또 그 얘기를 꺼내는가 싶었는데 더 이상 말을 못 붙이더라고요. 뭔가 찔끔하는 눈치를 보이더니 뒤를 힐끔거려요. 그

러더니 묻더라고요, 왠지 오싹한 기분 들지 않냐고?

"뭐라고 말해 줬는데?"

─전혀라고 말했죠. 할 말 있는 거 같던데 하라고 했더니 잔뜩 긴장한 얼굴로 다음에 하겠다고 해요. 식사 때도 그렇고… 올 때도 화장실에서 그 향수를 몇 번 뿌리고 탔는데 한 마디도 안 하고 왔어요. 심지어 제가 쳐다보면 움츠려 버렸고요.

"GG 선언은 나왔어?"

─아직은 아닌데 오빠 말대로 두어 번만 더 하면 손들 거 같아요. 그때는 제가 한 번 대시해 봐야겠어요. 나 선배님 교제 신청 받아들일까, 하고요.

"그건 좀 신중해야 할 거 같은데?"

─오빠의 향수는 시간이 가면 효과가 더 좋아지잖아요? 그거 한번 믿어 보려고요. 아무튼 오늘, 너무너무 짜릿했어요. 꿀잠 잘 것 같아요.

*　　　*　　　*

현아가 꿀잠을 잘 시간에 강토는 메리언과 화상통화를 했다.

"메리언."

─닥터 시그니처.

강토는 늦은 밤이지만 그녀의 시간은 이른 아침, 테이블 위의 모닝커피에 내려앉은 햇살이 보였다.

"패션쇼 준비는 잘되어 가나요?"

—당연하죠? 좀 보여 드려요?

메리언이 옷을 가져온다. 르네상스 시대풍의 옷과 AI, 그리고 우주복의 특성을 살린 우주복 스케치들이었다.

"멋진데요?"

—의상은 마무리 단계예요. 닥터 시그니처는요?

"저도 곧 마무리가 될 겁니다."

—그럼 제가 보고 싶어서 전화한 거군요?

"맞아요. 아침 인사 하고 싶어서……."

—그런데 코리아는 늦은 밤이잖아요?

"아뇨. 지금 메리언의 테이블에 내려앉은 햇살이 나예요."

—와우, 시인 같은데요?

"당연하죠. 조향사는 화학으로 시를 쓰는 사람이니까요."

—솔직히 저는 닥터 시그니처의 향수가 더 궁금해요. 엊그제도 헤이든과 그런 얘기를 나눴어요.

"곧 작업이 끝날 것 같으니 미니어처로 몇 개 보내 드릴게요."

—그럼 매우 몹시 땡큐죠.

"다만 고민이 좀 있어서요."

—닥터 시그니처도 그럴 때가 있나요?

"다른 건 괜찮은데 우주 향수가 좀 어렵네요. 이건 제 코로 맡아 보지 못한 냄새라서……."

—실은 저도 르네상스 시대에 살아 본 적 없어요.

"메리언이 생각하는 우주 냄새는 어떨까요? 헤이든은요?"

—저는 모르죠. 헤이든도 모를걸요?

"상상을 이야기해 보세요."

—상상이라면… 오염되지 않은 신선한 냄새? 이른 아침, 어둠을 뚫고 먼동이 터 올 때, 차가운 느낌에 올라앉은 광활함?

"그뿐인가요?"

—아니면 별의 푸른빛… 그 창막한 푸른 냄새? 아, 별은 푸른색만 있는 건 아니라죠? 오렌지빛도 보이더라고요.

"간단히 말하면 좋은 냄새, 나쁜 냄새?"

—음… 굉장히 생소하면서도 태초 같은, 그런 좋은 냄새.

"그렇죠? 그게 메리언이 상상하는 우주 냄새죠?"

—네.

"그런데 진짜 우주 냄새는 많이 달라요."

—어떻게요?

"거의 악취라고 보면 될 것 같네요. 기름 냄새에 쓴 아몬드 냄새, 계란 썩어 가는 냄새……."

—정말요?

"네, 그래서 전화를 했어요. 우주 냄새… 인간의 상상을 좇아 갈까 아니면 현재까지 밝혀진 우주 냄새를 토대로 팩트에 입각한 악취를 살짝 중화시킬까?"

—당신 생각은 어떤데요?

"제 생각은 전자 쪽입니다. 우주는 인류의 희망이죠. 우리가 우주로 나가는 것은 거기 희망과 미래가 있기 때문입니다. 패션쇼의 목적도 그런 거 아닐까요? 우주의 콘셉트에서 빌려 온 패션의 희망과 미래. 거기에 계란 썩는 냄새나 기름 냄새 같은 건 이미지가 맞지 않을 것 같습니다."

—우주 향기는 과학적인 팩트보다 상상으로 가자?

"제 생각입니다."

—헤이든과 상의해 봐야겠네요. 하지만 닥터 시그니처의 생각이 옳을 것 같아요.

"하지만 진짜 우주 냄새를 반전의 향으로 쓸 수는 있습니다."

—반전의 향수라면?

"이 또한 제 생각인데… 패션이 완성되었다니 의견 내기가 그렇지만 디젤과 럼주에 쇳덩이가 타거나 화약이 타는 듯한 냄새… 이걸 승화시킨 패션을 추가해서 마무리하면 어떨까요? 잘하면 굉장히 인상적인 엔딩이 될 것도 같은데……"

—으음… 확 당기는 제안인데요?

"패션쇼 장소는 변함없는 거죠?"

강토가 물었다. 패션쇼는 밀라노에서 하기로 했다. 6월 말이었다. 장소는 작년 여름의 밀라노 컬렉션이 열렸던 자리였다. 세계 최고의 패션쇼로 꼽히는 밀라노 컬렉션은 일 년에 두 번 개최되고 있었다. 그러니까 여름 컬렉션 직후에 열리게 되는 것이다.

―네, 그런데 헤이든이 심경의 변화를 일으키신 모양이에요.

"문제가 생겼나요?"

―닥터 시그니처 때문이죠. 런던을 다녀오더니 그런 말을 하시더라고요. 조금 더 독특하게 가 보자.

"그럼 패션쇼도 연기?"

―절대 아니죠. 헤이든이 새로운 장소를 물색하고 있다고 했으니 곧 결과가 나올 거예요.

"그럼 헤이든과 통화하고 의견 주세요."

―닥터 시그니처.

"네?"

―잘 자요.

쪽.

메리언의 엔딩은 작별의 키스였다. 카메라를 압박하는 입술을 보니 그녀가 그리웠다.

쪽.

강토도 답례 키스를 날리고 통화를 마쳤다.

마무리 작업에 돌입한다. 우주 향수1은 팩트에 근거해 진행

했다. 다만 계란 썩는 냄새는 미미한 잔향으로만 남겼다. 강토가 강조한 건 스테이크 냄새의 다환 방향족 탄화수소와 쌉쌀한 아몬드 향의 시안화수소, 그리고 철이 불타는 냄새와 약간의 화약 향료였다.

우주의 또 다른 이미지는 광활함. 그걸 나타내는 건 흙과 나무였다. 아스라이 멀어지는 흙냄새는 광활한 대지를 연상시킨다. 파출리와 베티베리의 도움을 받고 우디 향의 강화를 위해 샌들우드를 첨가했다.

시향을 하자 코앞에 미지가 펼쳐진다. 언밸런스한 향조에 약간의 당혹도 느껴진다. 이 향수에서만은 향조의 안정화를 추구하지 않았다. 그걸 위해 헬리오트로핀 향료를 미량 더했다. 합성합료다. 냄새 자체는 헬리오트로프와 유사하다. 허브인가 싶으면 프루티인 것도 같고 아몬드보다는 플로럴에 가까운 측면도 있다. 장점은 다양한 향만이 아니라 향료들의 화음 속에서 살짝 튄다는 점이었다. 미지의 향에게 부여하는 악센트였다.

우주 향수2는 과학적 팩트 대신 인간의 이상향으로서의 우주를 구현했다. 광활한 느낌은 뺄 수 없지만 이미지 자체는 성스러운 '미지'로 가닥을 잡았다.

영감의 기원은 바다에 기원을 두었다.

바다와 우주는 통한다.

강토에게는 그랬다.

이번에는 거꾸로 용연향부터 시작했다.

바다를 상징하는 향이다. 백 가지 향을 다스리는 향이다. 두말이 필요 없었다.

직관이 가는 대로 향료를 더한다. 강토가 생각하는 우주… 베르가모트와 네롤리가 출발이다. 약하다. 체드라타에 레몬까지 달려간다.

다음 선택지는 우롱차 노트였다.

우롱차?

고개를 갸웃할 사람을 위해 설명하자면 이 향조는 베르가모트와 잘 어울린다. 나아가 시린 느낌을 자아낸다. 바다와 우주를 바라보면 까닭 모르게 시려진다. 그걸 담아내려는 것이다.

핑크 페퍼를 추가하자 오묘함이 살짝 깃들었다. 핑크 페퍼는 매운맛이 약하다. 대신 풋내와 단내, 소나무 향, 감귤 향 등을 가지고 있다. 성스러운 시트러스와 만나자 야성적인 느낌에 시리고 거친 이미지가 살아난다. 신성에 깃든 야성. 이 포뮬러 또한 좋은 향수의 기준과는 조금 멀었다. 확산성은 좋지만 품격이나 명료함, 안정성 등이 떨어져 버렸다.

스케치를 변경한다.

"……"

강토 고개가 갸웃 기울어진다. 안정성을 살리니 야성의 느낌이 멀어진다. 그러다 보니 신비감 역시 평범해진다. 기시감이 강해진 까닭이었다.

둘 중 하나라면 전자였다. 다소 거칠지만 미지에 대한 동경이 느껴진다. 용연향을 조절하고 오서닉 노트를 강화하면 끝없는 창공이라는 이미지에 가까워지는 것이다.

패션쇼 향수에 대한 것은 전적으로 강토에게 맡겨진 상태. 이대로 간다고 해도 문제가 될 건 없었다.

하지만.

다시 생각하니 강토만의 문제가 아니었다.

헤이든이 데려올 주요 모델은 네 명이었다. 메리언의 주요 모델도 네 명이다.

「베티, 태홍, 현아, 그리고 유럽 남자 모델 한 명」

이 여덟이 메인이다. 그 뒤로 연결되는 쇼는 군무였다. 약 20명의 보조 모델이 대기 중이다. 패션과 결합하는 것이다 보니 시각적인 것을 무시할 수 없었다.

향수도 패션이다.

여기서는 특히 그랬다.

우주 향수에 있어서는 메리언과 헤이든의 의견을 구하기로 했다. 패션쇼가 6월에 열리니 시간적 여유는 넉넉하지 않았다. 미리 준비한 르네상스, AI 향수와 합쳐 미니어처 포장을 했다. 항공택배로 날릴 생각이었다.

용기 포장이 끝나 갈 때 메리언의 전화가 들어왔다.

─자는 거 아니죠?

그녀가 물었다.

"그럼요. 방금 우주 향기 마무리를 지었어요."

—와우, 저도 좋은 소식이 있는데, 그것도 무려 두 가지나요.

"두 가지요?"

—하나는 닥터 시그니처의 광고예요. 헤이든과 통화하려고 고개를 들었더니 저 멀리 대형 광고판에 낯익은 얼굴이 나오잖아요? 처음에는 깜짝 놀랐어요. 제 눈에 헛것이 보이나 하고요. 누구 광고인지 알겠죠?

"롤스로이스군요?"

—롤스로이스 본사 홈페이지나 유튜브 검색해 보세요. 광고 풀 영상이 올라왔어요. 누구 이미지가 기가 막히던데요?

"그래요?"

—또 하나는 헤이든이에요. 요게 또 광고와 맞물렸대요.

"……?"

—패션쇼 장소 말이에요, 조금 전에 확정을 받으셨다고 하네요. 그 비하인드 스토리에 닥터 시그니처의 광고가 있어요.

"무슨 말인지……?"

—헤이든이 꽂힌 게 밀라노의 두오모 박물관이었거든요. 사실 처음 생각한 장소는 박물관에서 멀지 않아요. 그런데 그때는 생각도 않았다고 해요. 그러다 닥터 시그니처를 만나고 바뀐 거죠. 런던에서 돌아오는 길에 후배의 인스타그램에서

그 박물관을 보았대요. 그길로 전화를 걸어 의사를 타진했지만 박물관장이 허가를 하지 않았다고 하네요.

"아……."

—오늘은 담판을 보려고 대리인을 보내셨나 봐요. 하지만 역시 거절을 당할 분위기였는데 그때 롤스로이스의 CF가 공개되었대요. 공교롭게도 박물관장의 차도 롤스로이스. 신모델의 향수에 대한 격찬 기사를 보더니 휴관일 대관에 OK를 냈다고 하네요.

"메리언……."

—헤이든은 지금 영감에 푹 취해 있어요. 데뷔 이후 처음이라고 얼마나 좋아하시는지…….

"……."

—뭐, 덕분에 저도 목에 힘 좀 주고 있어요. 헤이든이 인정하는 분을 추천한 셈이니…….

"우주 향수에 대해서는 뭐라고 하시던가요?"

—노코멘트였어요. 당신의 향수라면 뭐든 상관없다고. 유럽 조향계가 환호하는 조향사에게 무슨 의견을 내겠냐며.

"어쨌든 샘플 향수를 보내겠습니다. 미리 시향을 해 보는 게 좋을 것 같아서요."

—우려 따위는 없지만 궁금해서 미치겠으니까 받아 보도록 하죠. 기왕이면 빨리 보내 주세요.

"내일이면 됩니다."

―아, 그리고 저 차 바꿨어요.

"노란색 방개차로 말이죠?"

―어머? 누가 그래요? 저 인스타에도 아직 안 올렸는데?

"현아가 그러더군요. 현아도 방개차로 바꿨거든요."

―아, 현아 씨…….

메리언이 웃었다.

*   *   *

이른 아침, 하우스에서 잠이 깬 강토는 패션쇼에 쓸 향수들을 점검했다. 밤새 비워진 후각 안으로 향기 분자가 들어왔다. 우주 향기가 두 가지니 모두 다섯 향수였다.

「르네상스, 현대, AI, 우주 향기1, 우주 향기2」

이 시향은 특별한 사람들에게 부탁을 했다.

태홍이와 현아였다.

"선생님……"

태홍의 시선이 단번에 풀어졌다. 태홍이는 플로럴이나 시트러스보다 유니크한 향수를 더 좋아했다. 예를 들면 좀비 향수처럼. 그러다 보니 딱 녀석의 취향. 게다가 미지와 신비감, 광활함까지 깃들었으니 코를 떼지 못했다.

현아의 감상 평은 구체적으로 나왔다.

"이 향수를 배경으로 런웨이를 워킹하면… 정말이지 그 시대에 사는 느낌이 들 것 같아요."

"저는 그래도 선생님 향수가 더 좋아요. 의상으로 보지 못하는 상상까지 커버 치고 있잖아요."

태홍은 닥치고 강토 편이었다. 현아보다도 더.

"아, 이제 밀라노가 코앞인 것 같네요."

"헤엣, 저도요. 베티가 눈앞에 아른거려요."

"뭐야? 아무래도 둘이 사귀는 거?"

현아가 애정 어린 눈총을 발사한다.

"그럴까요?"

태홍이 넉살로 받아친다.

뒤를 이은 건 상미와 이린이었다. 둘은 이번에도 시향에 필사적이었다.

"와아아. 독특, 독특……."

이린은 넋은 놓는데.

"……."

상미는 완전 울상이었다.

"냄새가 이상해? 이건 보통 향수하고 달라서 그래."

강토가 힌트를 주었다. 자신의 약한 후각을 탓할까 봐 걱정이 된 것이다. 하지만 상미의 대답은 그런 쪽이 아니었다.

"미안해. 내가 감기에 걸려서 코가 꽉 막혔거든."

상미가 자백을 한다. 울어 버릴 것 같은 표정이 귀여워 강토가 빵 터져 버렸다.

그제야 분위기를 일신하는 빅뉴스를 발표했다. 목에 힘을 살짝 주고서.

"롤스로이스 광고 말이야, 오늘부터 개시되었대."

제4장

—

고양이 향수

　최첨단 롤스로이스가 질주한다. 부드러운 핸들과 무진동이 강조된다. 의자의 인체공학적 그래픽이 나온다. 완벽한 자율 주행 프로그램도 소개된다. 이 차는 게임을 하면서도 운행이 가능했다. 다음에 이어지는 게 실내 향수였다. 향수가 맑은 숲과 나무를 이룬다. 산소가 나오는 듯 청량하다. 그사이에 영어 자막이 이어진다.

　―품격의 아이콘.
　―성공의 상징.
　―그 모든 것을 벗어던진 뉴 모델이 왔다.

—7성급 호텔의 안락함에 더해진 야성미.

—타는 순간 당신은 세 번 만족한다.

—첫째는 손잡이 하나까지 고려한 인체공학 완성판에 의한 안락감.

—둘째는 정글이라도 뚫고 나갈 듯한 강력한 파워에 매칭된 NASA의 무진동 우주공학 승차감.

—셋째는 절대 힐링을 돕는 마법의 실내 향수.

자막과 함께 롤스로이스가 90도 회전을 하며 클로즈업된다. 이때 강토 모습이 나온다. 차 옆에 우뚝 서서 향수를 들어 보인다. 레이스가 달린 흰 셔츠의 의상이다. 조명이 기가 막히게 받쳐 준다. 옆에 강토에 대한 자막이 보인다.

—세계적 명사들의 만장일치 극찬을 받은 최고의 조향사.

작지만 선명하다.

—더 젊은 최고를 위해.

마지막 자막과 함께 광고가 끝난다.

"아악."

유튜브를 보던 상미가 자지러진다.

"대표님⋯⋯."

이린도 울기 직전이었다. 바로 다인의 전화가 들어왔다. 상미의 연락을 받고 유튜브를 찾아본 모양이었다.

─대박.

다인의 목소리가 천둥을 친다.

"괜찮았냐?"

강토가 물었다.

─당연하지. 우리 아빠도 너무 멋지다고 시기심 작렬.

"감사하다고 전해라."

─아, 이거 한국에서도 광고 나와야 하는데⋯⋯.

"나중에 나올지도 모르지."

통화하는 중에 롤스로이스 한국 지사장의 전화가 들어왔다.

"권 실장, 다른 전화 때문에 끊어야겠다."

─알았어. 축하해.

다인의 목소리가 멀어졌다.

─닥터 시그니처?

지사장 목소리가 나왔다. 굉장히 흥분된 목소리였다.

"말씀하세요."

─오늘 유럽과 미국 일대에서 신모델 광고가 일제히 시작되었습니다.

"아, 네⋯⋯."

시치미를 떼고 그의 말을 들어 주었다.

—미리 말씀드린다는 게 반응을 보고 전하려고 했는데 광고효과가 기막히다는군요. 신모델의 신비주의와 딱 맞아떨어졌다는 평가가 나오고 있답니다.

"다행이네요."

—본사에 당신에 대한 프로필을 요구하는 전화가 빗발쳐서 근무에 애로도 많았답니다. 신모델 개발단도 잔뜩 고무되어 있고요.

"네……."

—아무튼 고생 많으셨습니다.

"저보다 지사장님이 그랬죠."

고마움을 전하며 통화를 마감했다.

그러나 이 마감은 시작의 전조에 불과했다. 로베르토와 스타니슬라스, 메디치의 시청 소감(?)이 들어오더니 보그 편집장 레이첼과 레이먼드의 전화가 이어졌다. 재미난 건 그라스의 알프레도도 전화에 참가했다는 사실.

—카메라를 잘 받으시더군?

그의 인사였다.

"블랑쉬 향수 자료는요? 진전이 좀 있나요?"

강토가 물었다.

—전 세계의 골동품과 골동 향수 취급상에게 연락을 취해 놨네. 당신은?

"푸제아 로얄이라면 염려 마세요. 파리의 ISIPCA에서 수집

한 원본 향에 맞춰 잘 숙성되어 가고 있으니까요."

─젠장, 그 소릴 들으니 마음이 더 급해지는데?

알프레도의 목소리에서 조바심이 느껴졌다.

뜻밖에도 할리우드 스타 제이 펠리아도 전화를 걸어왔다.

외국인들의 축하 세례 마무리는 한국의 라파엘 교수 몫이었다. 파리 지인의 연락을 받고 전화를 걸어온 것이다.

─놀랍군.

그의 첫마디였다.

"죄송합니다. 교수님께 자문을 구하고 싶었는데 번거롭게 해 드리는 것 같아서요."

─내가 관여했더라면 오히려 향을 망쳤을 거야. 자네는 나를 넘은 지 오래거든. 그 프로젝트의 주관자가 로베르토였다면서?

"예."

─사람을 제대로 봤군.

"감사합니다. 언제 한번 찾아뵙겠습니다."

─진짜로 그래 주면 좋지. 안 그래도 최근 학생들이 자네 덕분에 후끈 달아올라 있거든. 롤스로이스 차량 향수까지 맡았으니 한 번 와 주면 굉장한 힘이 될 걸세.

라파엘의 격려를 들으며 통화를 끝냈다.

"배 실장."

강토가 상미를 바라보았다.

"응?"

"점심 대충 넘길 수 없잖아? 어디 맛집 좀 알아봐."

"옆 한정식집?"

"거기도 좋지만 다른 데."

"그 기세에 알맞은 곳이라면 신라호텔 미슐랭 별 셋 정도는 되어야 할 것 같은데?"

상미가 슬쩍 자부심을 건드린다. 친하다 보니 나온 농담이었는데 강토가 물어 버렸다.

"좋지. 당장 예약 때려."

*　　　　*　　　　*

운전은 상미가 했다. 호텔 앞에 멈추니 호텔리어가 문을 열어 준다. 이런 기분도 괜찮았다.

"와아아……."

요리가 나오자 이린은 어쩔 줄을 몰랐다. 폼을 잡고 있지만 상미도 비슷했다. 테이블에 놓인 건 랍스터 요리였다. 그것도 풀 코스였다.

─흑미 리조또와 프랑스 치즈 칩을 곁들인 화이트와인 소스 랍스터 구이.

─토마토 해물밥과 랍스터 구이.

─버터를 품은 랍스터와 에멘탈 치즈 뇨끼…….

포크보다 카메라가 먼저 돌아간다. 특히 이린이 그랬다.

"대표님, 잘 먹겠습니다."

이린의 목소리가 하늘을 찌른다.

"하지만 비싸서 죄송합니다."

팩트도 찌른다.

"몇 인분 먹어도 괜찮으니까 천천히 많이 먹어."

강토의 통 큰 한턱이었다.

랍스터 살 맛은 기가 막혔다. 무엇보다 냄새가 좋았다. 푸근한 감칠맛이 코로 들어오니 미각이 허둥거렸다. 시각도 심심하지 않았다. 빨갛게 익어 나온 랍스터 위에 뿌려진 향신료의 구성이 향수 제법과도 닮았다. 한 가지가 아니라 여러 색으로 조화를 맞춘 것이다.

식사를 하는 동안에도 축하 메시지가 이어진다. 한국 향수 마니아들의 SNS가 본격 가동되는 것이다.

그런데…….

"닥터 시그니처?"

뒤쪽에서 요리만큼이나 반가운 목소리가 들려왔다. 은나래였다.

"나래 씨."

"배 실장님."

이제는 친분이 쌓인 두 사람, 손을 맞잡고 폴짝거리며 케미를 과시했다.

"외국에서 대박을 쳤다면서요?"

은나래도 정보를 들은 모양이었다.

"네, 덕분에……."

"덕분이라뇨? 내가 그럴 줄 알았어요. 롤스로이스가 사람 제대로 고른 거지."

"운이 좋았어요."

"아니에요. 닥터 시그니처, 정말 축하드리고요, 잘나가는 건 좋은데 제 향수 잊으면 안 돼요."

"당연하죠."

"그러고 보니 닥터 시그니처에게 상의할 것도 있는데……."

"말씀하세요."

"지금 소속사 재계약 때문에 왔거든요? 시간이 조금 걸릴 거예요. 끝나고 하우스에 들를게요. 괜찮겠어요?"

"그럼요."

"그럼 나중에 봐요."

은나래가 안쪽으로 멀어졌다.

"나래 씨는 언제 봐도 에너지 만땅이야."

상미가 웃었다.

럭셔리 회식이 계속 이어졌다. 후식은 더 기가 막혔다. 이린의 카메라는 잠시도 쉬지 못했고 벌어진 입도 다물어지지 않았다.

포만감이 가득할 때 문자가 들어왔다.

[재계약의 대박을 위해 닥터 시그니처에게 한턱 쐈어요. 기분 나빠하지 않았으면 좋겠어요.]

"억."

문자를 본 강토가 소스라쳤다.

"왜?"

상미가 바로 반응한다.

"은나래 씨가 식사비를 내 버렸어."

"진짜?"

"어쩌지?"

"뭘 어째? 먹은 거 반납할 수도 없으니 나중에 향수나 한 병 보내 드리자."

"그럴까?"

호텔을 나오면서 은나래에게 폭탄 문자를 쏴 주었다.

[고맙습니다. 덕분에 신나게 먹고 갑니다.]

강토와 상미, 이린의 합창이었다

*   *   *

은나래가 하우스에 온 건 유쾌하와 오연지가 다녀간 직후였다. 두 사람은 엄청난 꽃을 안고 왔다. 롤스로이스 광고가 나간 지 얼마 되지도 않는데 미국과 유럽 쪽에서 강토의 향수 주문이 훌쩍 늘었다는 소식을 가져왔다.

보답도 할겸 푸제아 로얄 샘플을 공개했다.

"와아."

유쾌하와 오연지가 뒤집어졌다. 유쾌하는 이 향을 경험한 적이 있었다. 그러나 오연지는 처음. 그럼에도 두 사람은 동시에 매료가 되어 버렸다.

쌍엄지척 쾌척.

둘의 최종 평가였다. 그 평가를 믿고 푸제아 로얄을 마무리했다. 특별한 샘플 병에 소분해 숙성실로 모신 것이다.

"은나래 씨 오셨어요."

두 사람이 떠난 직후에 이린이 소식을 알려 왔다. 매장으로 나가 은나래를 맞았다. 그녀는 여자 손님을 동반하고 있었다.

"랍스터는 잘 먹었는데 너무 미안해서요. 가격이 굉장하던데……."

강토가 예의를 갖췄다.

"아유, 초대박만 치는 분이 왜 이러세요? 사실 전부터 닥터 시그니처에게 한턱 쏘고 싶었어요."

"이거요."

대화 중에 상미가 선물을 건넸다.

"뭐예요?"

"우리 대표님 선물요. 랍스터 때문에 주는 건 아니고요, 대표님도 하나 선물하고 싶으셨대요."

상미의 설명이 예뻤다.

"우와, 그거 솔까 뇌물이었는데……."

은나래의 입이 귀밑까지 올라갔다.

"들어가시죠."

강토가 조향실을 가리켰다.

"멋지네요. 마치 연금술사의 방에 들어온 거 같아요."

은나래를 따라온 노덕희가 감탄을 터뜨렸다. 나이는 은나래와 비슷해 보이는 여자였다.

"그렇지? 보기만 해도 뻑 갈 것 같지?"

은나래가 거든다.

"응, 판타지 속에 들어온 거 같아."

노덕희가 웃었다. 미소가 조금 슬펐다. 체취도 거의 다운이다. 체념과 시름, 그런 느낌이 왔다.

"닥터 시그니처."

은나래가 강토를 바라보았다.

"네."

"저 중학교 친구예요. 짝꿍이었어요."

"아, 네……."

"엄청 예쁘죠?"

"네⋯⋯."

"그러면 뭐 해요? 지나 나나 남친 없기는 마찬가진데⋯⋯."

"⋯⋯."

"얘, 들었지? 내가 뇌물까지 바쳤다는 말?"

은나래가 노덕희를 툭 건드렸다.

"응? 응⋯⋯."

"그러니까 말씀드려 봐. 옛날 그 상냥쟁이 특기 발휘해서."

"얘는, 내가 언제 상냥했다고⋯⋯."

"얘 좀 봐? 너 줄 상냥했거든. 특히 남자 선배들 앞에서."

"그거야 선배들이니까."

"아무튼, 고고싱?"

"그래⋯⋯."

바스락.

소리와 함께 핸드폰이 나왔다. 화면에 사진이 떴다. 70을 갓 넘어 보이는 할머니였다.

"저희 어머니예요."

"예⋯⋯."

강토가 답했다.

"작년 연말에 돌아가셨어요."

"네?"

"그리고⋯⋯."

이번에는 또 다른 사진이 열렸다. 고양이였다. 앞발 하나가 없었다. 몰골은 다리의 장애보다 더 엉망이었다. 완전 아사 직전처럼 보였다.

"어머니가 기르던 고양이예요."

"……?"

"연말에 어머니가 돌아가실 때 저는 미국에서 공부하고 있었어요. 급보를 받고 귀국해 장례만 치르고 떠났죠. 제가 맡은 연구가 남아서 어쩔 수 없었거든요."

"네……."

"고양이 흔적은 있었지만 보지는 못했어요. 기르다 마신 건가 했죠. 어머니가 살던 집은 다른 할머니에게 세를 놓았고요. 그러다 얼마 전에 세입자 할머니 전화가 왔어요. 한 발 없는 고양이가 자꾸 찾아온다고요. 그 할머니가 알아보니 저희 어머니가 기르던 고양이었다고 해요."

"……."

"고양이가 하도 안 되어 보여 먹이를 주는데 먹지를 않는다네요. 그저 우두커니 방 안을 쳐다보다 사라질 뿐. 하루는 창문을 열어 주니 안으로 들어오더래요. 역시 먹이는 먹지 않고 창가 장식장 아래에 가서 한참 앉아 있더니 사라져 버렸대요."

"……."

"텔레비전처럼 119를 불렀는데 겁을 먹고 달아난 고양이가 한동안 오지 않더래요. 그래서 그것도 좋은 방법이 아닌 것 같아서 저한테 연락을 했어요. 어차피 한국으로 돌아올 예정이라 귀국해서 찾아가 봤는데 정말이더라고요."

"……."

"이웃분들 찾아서 들어 보니 교통사고로 다리가 부러진 고양이를 저희 어머니가 데려왔대요. 동물병원에서 치료한 후에 같이 살았는데 딸이 알면 싫어할지도 모른다고 말하셨다고……."

"……."

"제가 이제 미국 생활 청산하고 한국으로 왔거든요. 그래서 나래하고 수다 떨던 중에 얘기를 했더니 닥터 시그니처 이야기를 해요. 어쩌면 고양이가 도망가지 않는 향수를 만들지도 모른다고……."

"고양이 하고 같이 사시게요?"

강토가 오랜 침묵을 깼다.

"네. 사진을 보니 어머니 생각이 나서요. 사실 저희 어머니도… 한쪽 다리가 의족이셨거든요."

노덕희의 미소가 슬퍼진다. 강토는 잠시 고개를 돌렸다. 그녀의 감정이 추슬러질 때까지.

"굉장히 유명하신 분이라 이런 부탁 실례일 것 같았는데 나래가 닥터 시그니처는 따뜻한 마음을 가진 분이라고 해서……."

"유명한 건 은나래 씨죠."

"안 될까요?"

"고양이를 달래서 같이 사신다?"

"일단은 밥을 먹게 해야 할 거 같아요. 제가 어머니 돌아가

시고 한두 달 정도 먹는 둥 마는 둥 살았거든요. 그때 피골이
상접하게 말랐었는데 그 모습을 보는 것 같아서……."

"고양이가 좋아하는 건 다 줘 본 거죠?"

"네."

"자리도 피해 주셨고요?"

"네……."

"그런데도 먹지 않는다… 잠깐만요."

강토가 향료를 꺼냈다.

첫 번째 주자는 캣닢이었다.

"개박하로도 불리는 향인데 고양이들이 가장 좋아하는 냄
새입니다. 이 향에 포함된 nepetalactina가 고양이들에게 도
파민 같은 작용을 해요. 정신적 쾌감을 높여 주죠."

강토가 시향지를 내밀었다.

"박하 냄새가 나요."

"그래서 개박하로 불리죠."

설명하는 강토 손이 계속 움직인다. 캣닢을 더한 알코올에 라
벤더와 백리향 등이 더 들어갔다. 향기는 당연히 더 좋아졌다.

"진짜 향수 같아요."

"고양이들이 좋아하는 향료로 만들었으니 고양이 향수가
되겠네요. 이걸 뿌리시고 먹이를 주면 고양이가 경계하지 않
을 겁니다."

강토가 즉석 향수를 건네주었다. 노덕희의 얼굴이 활짝 펴

지는 게 보였다.

은나래와 노덕희는 바로 돌아갔다. 노덕희가 빨리 먹이를 주고 싶어 했기 때문이었다.

퇴근 무렵 방개차로 다가설 때 길냥이가 보였다. 고양이 향수가 떠올랐다. 노덕희의 일이 궁금해 전화를 걸었다.

─어머, 닥터 시그니처?

응답하는 그녀 목소리가 어두웠다.

"향수, 안 통해요?"

─네, 죄송해요. 힘들게 만들어 주셨는데…….

"독특한 놈인가 보네요. 지금 가면 고양이 볼 수 있을까요?"

─지금 창가에 와 있기는 해요.

"그럼 기다리세요. 금방 달려갈게요."

"닥터 시그니처, 괜히 저 때문에 힘들지 않으셔도 돼요. 정 안 되면 다시 119를 불러 도움을 청하려고요."

"제가 궁금해서요. 독특한 향수 취향을 가진 고양이 녀석……."

*   *   *

노덕희의 집은 한남동이었다. 남산 자락을 끼고 있으니 할아버지의 집과 같은 남산권이다. 아담한 주택들 뒤로 남산이 펼쳐진다. 고양이가 달아나기만 하면 잡기 어려운 환경이었다.

"죄송해요."

문을 열어 준 그녀, 미안해서 어쩔 줄을 모른다.

"아닙니다. 이게 다 공부거든요."

"고양이 향수 전문 아니시잖아요?"

"모르죠. 먼 훗날에 또 중요한 고양이 향수를 만들게 될지… 사실 전에는 개 향수를 만든 적도 있어요."

"어머, 정말요?"

"저 창문이로군요?"

거실에 들어선 강토가 창틀을 바라보았다. 그 언저리에서 고양이 냄새가 끼쳐 왔다.

"맞아요. 늘 저기서 서성거려요. 조금 전까지 있었는데?"

노덕희가 창을 연다. 어둠 속에는 바람밖에 없었다.

"향수는 창틀에 뿌렸네요?"

"네."

"그리고 바닥에도……."

창에서 조금 떨어진 바닥을 바라본다. 창으로 온 고양이가 내려오길 바랐나 보다.

"거기까지는 내려왔어요."

"그렇네요."

강토가 냄새 분자를 확인했다.

"하지만 먹이는……."

그녀가 고양이 밥그릇을 보여 준다. 사료는 건드린 흔적조

차 없었다.

가만히 방 안을 둘러본다. 새집이다. 인테리어 공사를 한 모양이었다.

"맞아요. 제가 이제 한국에서 살려다 보니 분위기 좀 바꿔 보았어요."

그녀가 답했다.

안에는 아직도 새집의 냄새가 진하게 남아 있었다. 이 냄새 때문일까? 하지만 명쾌하게 설명되지 않았다. 인테리어 공사를 하지 않았던 세입자 때도 고양이는 먹이를 먹지 않았다.

"어머, 왔어요."

대화 중에 노덕희가 고개를 들었다. 창문이었다.

야옹.

낮은 울음소리가 들렸다.

"……"

강토 표정이 굳었다. 고양이는 정말 세 발이었다. 오른쪽 앞발, 흔적만 남고 사라졌다. 고양이의 애로는 그것만이 아니었다. 온몸이 초췌했으니 움직이는 게 신기할 정도였다.

흐음.

강토가 집중한다. 후각을 날려 고양이의 냄새 분자를 더듬는다.

다행히.

질병은 없는 것 같았다.

"한 번 더 해 보시죠?"

강토가 의견을 냈다.

"클레앙."

사료를 놓은 노덕희가 고양이 이름을 불렀다. 고양이가 우두커니 쳐다본다. 강토와 노덕희가 물러났다. 불까지 꺼 버린 거실. 먼 한강의 야경에서 반사된 푸른 어스름이 내려앉았다.

고양이는 한참을 경계만 했다. 그러다가 겨우 몸을 움직인다. 앞발이 하나뿐이니 조심스럽다. 그래도 고양이다. 약간 위태로워 보이지만 바닥으로 내려왔다. 밥그릇에 코를 들이댄다. 밥그릇에도 향수가 살짝 서려 있다.

고양이는 그냥 일어섰다. 장식장이 놓인 곳을 바라보더니 다시 창문으로 뛰어올랐다.

"가네요."

노덕희가 울상을 지었다.

불을 켜고 먹이 놓은 자리로 왔다. 고양이는 아직 창틀에 있었다. 우두커니 바라보는 거실, 너무나 무표정한 시선이 강토 마음을 할켜 버렸다.

강토가 장식장 앞으로 걸었다. 후각을 집중했다. 고양이 냄새가 희미하게 났다. 다른 곳과 비교를 한다. 새 벽지로 뒤덮였지만 냄새 분자는 미량 남아 있다. 다른 곳보다 이곳의 냄새가 진했다.

여기가 고양이 집이 놓였던 곳일까?

밥그릇을 그쪽으로 옮겨 놓고 불을 꺼 주었다.

야옹.

고양이의 마음은 변하지 않는다. 몇 번인가 눈길을 주지만 내려오지 않았다. 저토록 야윈 뱃살, 저토록 사윈 몸통. 그럼에도 찾아오는 건 주인을 잊지 못했기 때문이다.

주인…….

"저기요."

"네?"

"혹시 어머니 유품 같은 거 없나요?"

"반지하고 팔찌, 은수저가 있긴 해요."

"좀 보여 주시겠어요?"

"네, 잠깐만요."

노덕희가 작은 상자를 가져왔다. 노모의 유품이 보였다. 하지만 꽝이었다. 반지에서 사람 냄새가 나지 않았다. 팔찌와 은수저도 마찬가지였다. 노덕희가 이유를 알고 있었다.

"제가 실험실에 가져가서 초음파 세척을 했어요."

그랬구나.

노모의 유품.

새것으로 간직하고 싶었겠지.

냄새가 다 날아가 버렸으니 소용이 없었다.

"어머니 냄새 때문에요?"

그녀가 물었다.

"네."

"죄송해요. 어머니가 돌아가시니 왠지 무섭더라고요. 그래서 다 버리고 태우고……."

"……."

강토는 이해했다. 그녀 잘못이 아니었다. 고2 때였다. 편부 슬하에서 크던 친구 녀석의 아버지가 죽었다. 친구는 아버지의 혼적을 다 지웠다. 옷이든, 신발이든, 시계든, 보기만 하면 무서워진다고 했었다.

"그럼 창고 한번 볼까요?"

"창고가 있어요?"

골똘하던 강토가 고개를 들었다.

"뒤쪽에 작은 공간이 있어요. 하지만 항아리 같은 거밖에 없어요."

"일단 보죠."

강토가 그녀를 앞세웠다.

뒤쪽에 딸린 창고는 작았다. 문을 열자 먼지 냄새가 먼저 달려 나왔다. 안에는 항아리들이 차곡차곡 쌓여 있었다. 노덕희의 어머니가 쓰던 것들이다.

"버리려 하다가 항아리는 버릴 데가 마땅치 않아서 그냥 두고 있었어요."

강토 후각이 열린다.

늙은 여자의 냄새가 난다. 한 사람 것이 진하니 노덕희 노모의 것이 틀림없었다. 하지만 먼지 냄새도 만만치 않았다. 아무래도 큰 도움이 될 것 같지는 않았다.

차라리 옷 같은 게 있으면 좋았을걸…….

아쉬운 마음에 뚜껑을 들어 보았다. 그러자 안쪽에 든 작은 항아리가 보였다. 그리고 그 옆의 빈 공간…….

"……?"

강토 코가 활짝 열렸다. 고양이 냄새가 느껴졌다. 조금 전의 그 고양이 냄새였다.

"……!"

강토가 찾은 건 작은 그릇이었다. 고양이 밥그릇이다. 고양이 냄새에 사료 냄새, 노모의 손 냄새까지 뺐으니 의심할 바 없었다. 그릇 아래에서 키친타월도 두 장 나왔다. 그릇을 받치는 용도였던 모양이다. 거기에도 고양이와 노모의 냄새가 뺐다.

"전에 쓰던 고양이 밥그릇 같아요. 여기다 희망을 걸어 보죠?"

강토가 밥그릇과 키친타월을 들어 보였다.

거실로 돌아와 장식장을 치웠다. 그 부분의 벽지도 일부 벗겨 냈다. 강토 설명을 들은 노덕희가 수락을 한 것이다.

노덕희가 밥그릇과 키친타월을 받아 들었다. 타월을 깔고 그 위에 그릇을 놓는다. 사료도 부었다. 강토가 만든 향수는 뿌리지 않았다.

주인이 그리워 찾아온 장애 고양이.

주인이 주던 밥그릇을 알아볼까?

고양이 후각은 사람의 10배 이상.

제 주인을 못 잊어 찾아오는 고양이라면?

가능성이 높았다.

거실 끝에 앉아 고양이를 기다렸다.

야옹.

거친 냄새를 풍기며 고양이가 나타났다. 열린 창틈으로 안을 바라본다. 눈동자가 뒤룩거리나 싶더니 사뿐 뛰어내렸다.

"선생님."

"쉬잇."

강토가 그녀의 반응을 막았다. 고양이가 주변을 둘러본다. 그러더니 바로 그릇으로 다가섰다. 앞발로 키친타월을 긁어대나 싶더니……

"먹어요."

노덕희가 속삭였다. 그토록 바라던 일이 일어난 것이다.

힐끔.

고양이가 강토와 노덕희를 바라본다. 하지만 그것뿐이다. 달아나지 않았다. 아주 얌전하게, 너무 익숙하게 사료를 먹어치우는 것이다.

"자기 밥그릇을 아는 걸까요?"

그녀가 속삭였다.

"그보다 어머니 냄새를 기억하는 걸 거예요."

"아……."

"가 보세요."

강토가 말했다.

"하지만……."

"밥그릇과 키친타월 만졌잖아요? 어머니 냄새가 묻었어요. 그러니 괜찮을 거예요."

"선생님……."

"저 한번 믿어 보세요. 고양이 후각은 인간의 약 열 배, 정확히 말하면 14배거든요."

강토가 자신감을 심어 주었다.

조심스레 일어난 노덕희가 고양이를 향해 걸었다. 고양이가 돌아본다. 잠시 경계를 하지만 달아나지 않았다. 노덕희가 고양이 앞에 앉았다. 마지막 사료 한 알까지 먹어 치우자 노덕희가 한 주먹을 더 주었다. 잠시 물러섰던 고양이가 다시 사료를 먹었다.

노덕희의 손이 고양이 털에 닿았다. 고양이는 거부하지 않았다. 식사가 끝나자 노덕희가 고양이를 안아 들었다. 그 손길도 거부하지 않았다.

"선생님……."

노덕희의 심쿵 소리가 강토에게 들렸다. 가슴이 미어지는 것이다.

치잇.

고양이 향수를 뿌리고 강토도 합류했다. 노덕희와 함께 고양이를 살폈다. 군데군데 마른 상처들이 있지만 심각하지는 않았다.

"목욕시켜도 될까요?"

그녀가 물었다.

"좋아할 것 같은데요?"

강토의 느낌이었다. 처음 보았을 때는 날카로운 발톱처럼 곤두섰던 냄새가 순해져 있었다.

다행히 노덕희는 샤워를 잘 시켰다. 어릴 때 애완견을 길러 본 경험 덕분이었다.

"와아, 아주 미녀가 되었는데요?"

샤워가 끝나자 노덕희가 환호했다. 고양이는 암컷이다. 깨끗이 씻겨 놓으니 아까와는 딴판이었다.

치잇.

고양이 향수를 뿌려 주었다. 고양이가 몸을 뒤집으며 좋아한다. 이 녀석, 향수 즐길 줄 안다. 안목도 좋다. 자기 주인의 향이 최고의 향수라는 것까지 알고 있었다.

"내일은 동물병원에 가 봐야겠어요. 클레앙 새집도 사고요."

"그러세요."

잘 마무리가 되었으니 인사를 남기고 집을 나왔다.

"너무 고맙습니다."

노덕희의 목소리가 강토를 따라 나왔다.

고양이도 강토를 따라왔다. 인사라도 하려는 듯 벽 쪽에 서서 강토를 바라보았다.

"새 주인이랑 잘 살아."

야옹.

"넌 그럴 자격 있거든."

강토가 손을 흔들어 주었다. 자기를 구해 준 주인. 그 주인이 죽은 집. 그걸 못 잊어 오래도록 찾아온 고양이. 남은 삶은 향수처럼 아름답기를 바랐다.

고양이의 추억은 집까지 따라왔다.

강토가 차에서 내리자 길냥이들이 모여든 것이다.

야옹야옹.

강토 곁을 맴돌며 고개를 쭈뼛거린다.

짜식들.

강토 몸에 묻은 향수 냄새를 맡은 모양이다. 대여섯 마리를 하나하나 쓰담쓰담 해 주었다. 향수를 좋아한다면 무엇이든 어떨까? 고양이들과 함께 밤이 깊어 갔다.

이른 아침, 낭보가 강토 잠을 깨웠다.

미국판 보그 잡지에 강토가 나온 것이다. 표지에 강토의 작품들이 나왔다. 놀랍게도 강토 사진까지 함께였다.

—사진 마음에 들어요? 잡지는 국제 특급으로 보냈으니 며

칠 후면 도착할 거예요.

전화기 속에서 레이첼의 영어가 흘러나왔다.

"너무 과분한데요?"

—제가 미래를 위해 투자를 좀 했어요.

"그럼 제가 빚을 진 거로군요?"

—제의 하나 드려요?

"얼마든지요."

—헤이든과 메리언, 그리고 닥터 시그니처. 이렇게 세 사람이 패션쇼를 하기로 했죠? 밀라노에서.

"예."

—저하고 언제 향수 쇼 한번 해요. 미국에서.

"레이첼."

—정식으로 제의하는 거예요. 장소 섭외부터 모델들까지, 필요하다면 얼마든지 연결시켜 드릴게요. 세계 최고의 모델이라고 해도.

"파격적인데요?"

—굉장히 파격적이에요. 동시에 제 혜안이죠. 앞으로 당신은 더 바빠질 테니까요.

"그 얘기 하시는 분이 또 있었어요."

—상관없어요. 약속하시는 거죠?

"레이먼드는 어떤가요? 런던에서 그가 공동 발표회를 제안했었어요."

─저는 닥터 시그니처를 말하고 있는 겁니다.

레이첼이 선을 그었다.

"좋아요. 그럼 내년 봄이나 여름이 어떨까요? 연말에는 제가 상하이에서 열리는 특별한 결혼식 향수를 맞춰야 하거든요."

─당신을 상하이까지 불러서 향수를 주문하는 사람이라면 얼마나 대단한 건가요? 중국 최고 스타?

"최고긴 한 것 같은데 연예인은 아닙니다. 중국 재벌 추젠화의 따님 결혼식입니다."

─맙소사, 상하이 절반이 그의 것이라는 추젠화 말이에요?

"그 정도인지는 잘 모르겠지만 부자는 맞는 것 같습니다."

─세상에, 그런 걸 왜 런던 인터뷰에서는 말하지 않았어요?

"레이첼이 흥미 있어 할지 몰랐습니다."

─당신 대체…….

"향수는 몇 가지나 준비하면 될까요?"

─숫자가 문제인가요? 당신은 한 가지 향수만으로도 뉴욕을 뒤집어 버릴 사람이에요.

"그래도 형식이 있으니 몇 가지 맞춰 보도록 하겠습니다."

─아… 내년… 너무 먼데요? 하지만 조를 수도 없겠네요. 대신 초청 인사들은 내가 최상급으로 맞춰 드릴게요. 런던의 심사단 못지않게…….

"그 반대여도 괜찮습니다. 가난한 사람도 향수 즐길 줄 알거든요."

─알았어요. 그건 당신 뜻대로 할게요.

레이철의 전화가 끝났다. 바로 아마존에 접속했다. 보그지가 보였다. 레이첼이 몇 부 보낸다지만 홍보에 빼먹을 수 없으니 30여 부를 더 신청했다.

그런 다음 표지를 출력해 다락방을 내려갔다.

"할아버지."

마당으로 나가 출력물을 흔들었다.

"또 뭐냐?"

그림을 그리던 할아버지가 돌아보았다.

"어떤 녀석이 미국에서 유명한 잡지에 나왔다는데 혹시 아는 사람이신가요?"

강토가 출력물을 들이밀었다.

"헐."

할아버지가 벌떡 일어섰다.

"왜요?"

"그 잘난 녀석 아침밥 해 먹여야지? 한국 남자는 밥심으로 사는 건데."

제5장

—

특별한 제의

"냄새 어떠냐?"

식탁 앞에서 할아버지가 물었다. 밥 향이 다른 날보다 푸근했다. 어쩌면 꿀에 절인 누룽지 냄새가 나는 것 같기도 했다.

"죽이는데요?"

"그렇지? 방 시인이 구해 준 쌀이다. 향이 좋으니 네가 좋아할 거라고."

"이게 꼭 누룽지 물을 붓고 지은 거 같아요. 밥이 생기로 번들거리는 게 꼭 이팝나무꽃을 담아 놓은 것처럼 곱고요."

"조향사다운 표현이구나. 특허받은 쌀이라고 하더라."

"특허요?"

"그래. 너도 좋은 향수 만들면 특허 내거라. 신문 보자니 요즘은 특허 싸움이라며?"

"향수는 예외예요."

"왜? 다들 좋은 향수 만들려고 코에 불을 켜면서?"

"그렇죠. 코를 킁킁거리느라 코통사고도 많이 나고 냄새 많이 기억하려고 코펙트럼 확장에도 안간힘이죠."

"그런데?"

"하지만 향수는 특허를 내지 않아요. 특허를 내는 건 냄새 분자죠."

"응?"

"특허를 내는 순간 공식을 다 밝혀야 하거든요."

"레시피 때문에?"

"네."

"원래 능력 있는 셰프는 레시피 안 감추는 거 아니냐?"

"요리하고는 좀 다르니까요."

"하긴, 우리 그림도 누가 좋은 화풍 개척하면 어떻게든 베껴 먹으니까."

"상하이 전시회 준비는 잘되어 가요?"

"아무렴."

"추진진 결혼식 날짜와 가까우니 같이 비행기 탈 수 있겠네요."

"그렇구나? 이게 얼마 만이냐?"

"방 여사님도 데려가세요."

"방 여사?"

"결혼식 올리기 전에 예행 삼아 좋잖아요?"

"그래도 괜찮을까?"

"당연하죠. 그러니까 미리미리 예약해 놓으세요."

"알았다. 방 여사에게 물어보고……."

"특허 쌀밥 잘 먹었다고도 전해 주시고요."

"그래. 네가 미국 잡지에 난 걸 보면 좋아 죽을 거다. 아마."

할아버지가 출력물을 집어 들었다. 그러고 보니 밥은 한술도 뜨지 않았다. 강토 사진만 봐도 배가 부른 모양이었다.

다시 봄.

제비꽃이 피고 장미가 우거졌다.

방개차 앞에서 집을 돌아본다. 밥 향이 유난히 그윽하다.

도로를 달리며 밥 향 노트의 향수를 그려본다.

지상에 밥 향보다 푸근한 파우더리가 있을까? 어쩌면 우유보다도 밀키하고 소프트하다. 톡 쏘는 주목감은 없지만 종일 맡아도 싫증 나지 않는 향.

'다른 향에 섞어 포근한 파우더리 어코드를 만들어도……'

코끝에 남은 밥 향이 아스라해질 때 하우스에 닿았다. 상미나 이린보다도 훨씬 먼저였다.

"닥터 시그니처?"

차에서 내릴 때였다. 등 뒤에서 누군가가 강토를 불렀다.

"······?"

돌아보니 아는 얼굴이었다.

"우리 구면이죠?"

그가 장미 한 다발을 내밀었다. 성정우, 향수 발표회를 할 때 찾아왔던 프로젝트 매니저였다.

"웬 꽃을······?"

"어허, 왜 이러세요? 롤스로이스 차량 향수에 미국판 보그 특집 기사··· 제가 광둥성 비즈니스가 바빠서 인사 못 드렸으니 일단 받으세요."

"······."

반강제로 안겨 주니 일단은 받았다.

"그 후로 파죽지세였더군요? 하지만 하우스는 그대로······."

"······?"

"그때 내가 한 말 기억합니까? 천재에게는 천재를 키워 줄 사람이 필요하다는 거?"

"예······."

"조향사도 영감이 필요하지만 우리 비즈니스도 영감이 필요하거든요. 오늘 아침 문득 눈을 뜨니 계시가 내려오는 거예요. 바쁘긴 하지만 우리나라 조향계를 위해 고군분투하는 닥터 시그니처, 이제 그를 세계시장으로 내보낼 시간이 되었다."

"무슨 말씀을 하시는 건지?"

"내 말은 내가 계시를 받아 새벽처럼 왔다는 거 아닙니까?

그 말은 곧 차부터 한잔 주면 좋겠다는 뜻이기도 하죠."

뚜껑을 열면 자동으로 발산하는 시트러스 노트처럼 말은 청산유수다. 새벽인지는 몰라도 강토보다 먼저 온 것은 틀림없는 일. 꽃다발까지 받았으니 일단 하우스 문을 열어 주었다.

"키햐, 역시… 이 상큼한 시트러스에 심금을 울리는 플로럴… 게다가 우디와 스파이시 노트까지 깔렸으니 마당의 공기부터 명품 향수로군요."

겨우 한 발을 들여놓고는 일장 감탄의 설레발부터 토해 놓는다.

잠시 후에 상미와 이린이 알람빅을 돌릴 꽃을 사 들고 들어왔다. 화훼 업자가 가져다주는 날도 있지만 더러는 상미가 직접 나가기도 한다. 최근에는 이린의 교육을 위해 후자로 즉석 향을 내고 있었다.

"대표님, 언제 나온 거야?"

상미가 물었다.

"금방. 차 한잔 부탁해."

"아, 저는 기왕이면 아이리스 한 모금 추가요, 여기 향수 차가 유명하다죠?"

성정우가 넉살을 떨었다.

"그런데……."

상담실로 들어서자 성정우가 걸음을 멈췄다.

"왜요?"

강토가 물었다.

"기왕이면 닥터 시그니처의 조향 오르간을 보고 싶어서요. 향수 차라면 거기가 제맛 아닐까요?"

성정우는 거침이 없다. 나쁘게 보면 뻔뻔이고 좋게 보면 붙임성. 향수 프로젝트 매니저쯤 되는 사람이라니 받아들였다.

"키햐, 여기가 바로 뜨는 별 닥터 시그니처님의 커맨드 센터로군요."

조향실에 들어서자 손까지 비비며 감탄을 한다. 차는 마실 생각도 없이 향료를 체크한다.

"기막히군요. 제가 국내 조향사들 오르간은 거의 다 보았는데 최상급인 것 같습니다. 천연향료의 숫자와 기타 향료의 구색… 압도적이네요."

"차 식습니다."

"아, 네… 차… 내 정신… 내가 향료만 보면 정신 줄이 살짝살짝 끊겼다가 이어져서요."

성정우가 작은 소파에 앉았다.

"우리가 아까 어디까지 얘기를 했죠? 아, 계시……."

자기 무릎을 치더니 목에 힘이 들어간다.

"단도직입적으로 말씀드리죠."

"……?"

"우리 닥터 시그니처는 이런 골방에 머물면 안 됩니다."

"무슨 뜻이죠?"

"이 하우스… 괜찮군요. 하지만 그건 어항 속의 금붕어일 때 말입니다. 이런 말 아십니까? 메뚜기도 한철이라는……."

"선생님."

"아아, 제가 흥분하면 말이 좀 과격해집니다. 제 말은… 천재도 잘나갈 때 한몫 잡아야 한다는 거죠. 불운한 천재가 한둘이 아니잖아요. 그래야 평생 여유롭게 향수도 만들 수 있고요."

"그래서요?"

"향수 선진국이라는 유럽을 돌아봅시다. 천재적인 조향사들 중에 재벌 된 사람이 누가 있습니까? 다들 향료 회사나 글로벌 향수 회사들에게 쪽쪽 빨아먹힌 거죠. 재능 말입니다."

"……."

"그러다 마침내 50이 되고 60이 됩니다. 아시죠? 조향사들, 그들의 신들린 후각도 50이 넘으면 능력치가 뚝 떨어진다는 거. 그때까지는 화려해 보이지만 마침내는 변색된 향수처럼 맥없는 잔향 신세……."

"선생님."

"솔직히 유럽과 미국에서 활약 중인 내 선후배들, 다 그렇습니다. 우리의 목적은 조향사의 능력을 뽑아 먹는 거죠. 당신이 최고입니다, 하며 띄우고 돈 몇 푼 던져 주면서 말입니다. 그렇게 조향사들이 영혼을 담아내면 우리는 그 영혼을 팔아

돈을 챙깁니다."

"……."

"솔직히 저에 대해 잘 모르겠지만 자크 폴과 헤리 프레드, 마틸 로랑은 내가 키웠다고 할 수 있습니다. 최근에 뜨는 별 레이먼드도 제 덕분에 조향의 별로 등극을 했죠. 그러다 생각 했습니다. 한국인들이 각 분야로 다 약진하는데 왜 조향사들 만 지지부진할까? 누구든 재능만 있다면 명예뿐 아니라 돈까 지 안겨 주고 싶은데… 그러다 만난 게 당신이었습니다. 닥터 시그니처."

성정우가 서류를 펼쳐 놓았다. 자크 폴과 마틴 로랑 등의 서명이 들어간 계약서였다. 프로젝트 매니저 성정우와 손잡고 향수를 개발한 서류였다.

서류 다음에는 사진이 나왔다. 그들과 함께 찍은 장면이었 다. 작품 발표회 것도 있고 조향 오르간 앞에서 같이 찍은 것 도 있었다.

마지막 장면은 알프레도였다. 그의 조향실 앞에서 한 컷을 박았다. 강토의 시선은 그 사진에서 오래 머물렀다. 알프레 도…….

"하지만 지난번까지는 좀 약했어요. 내 생각에는 2—3년 후 면 내 파트너가 될 수 있지 않을까 하고 중국과 일본을 돌고 있었는데 내 판단이 틀렸더군요. 당신은 이제 내 파트너가 될 수 있습니다."

"파트너?"

"향수를 두 개만 만드세요. 원래는 내가 방향성을 주는데 당신의 천재성을 고려해 전적으로 맡겨 드리죠. 다만 향료는 최고급으로 써야 하는데 그건 내가 구해 드립니다. 내가 그라스의 향료 개발자 알프레도와도 막역합니다. 그 친구, 굉장히 괴팍하지만 내 말이라면 껌뻑 죽거든요."

"……."

"이건 당신에게 절호의 기회입니다. 여기서 평생 구멍가게 하우스를 열 것이냐, 미국과 유럽으로 나가 연 500만 보틀, 1,000만 보틀을 팔아 치우고 FiFi 어워드를 휩쓸며 재벌이 될 것이냐?"

"선생님 파트너가 되면 그럴 수 있다는 말이군요?"

"당연하죠. 말했지 않습니까? 자크 폴, 헤리 프레드, 마틸 로랑……."

"그리고 레이먼드?"

"어떻습니까? 닥터 시그니처도 이 하우스에서 평생을 썩을 생각은 없겠죠?"

"그렇기는 하죠."

"그러니까 당신은 굉장한 행운아라는 겁니다."

"말씀은 고맙습니다만 제게 왜 그런 호의를 베푸시는지요?"

강토가 그의 폭주에 살짝 제동을 걸었다.

"향수 후진국인 한국을 살리려는 거죠. 프로젝트 매니저들에게 쪽쪽 빨리는 조향사들의 권익을 챙겨 주려는 거 아닙니까? 같은 한국 사람부터."

"향수 두 개만 만들면 된다?"

"다만 그동안 만든 향수 몇 개를 샘플로 빌려 주셔야 합니다. 그래야 내가 글로벌 향수사나 특급 백화점에 딜을 걸 수 있거든요. 그것 외에는 향료 비용만 준비하면 돼요. 아시겠지만 알프레도 같은 친구들의 특급 향료는 조금 비싸거든요. 그렇다고 해도 당신에게 보장되는 걸 고려하면 껌값도 되지 않습니다."

"구체적으로 얼마나……?"

"일단 샘플을 내 주면 내가 에르메스나 겔랑, 둘 중 한 곳의 계약서를 받아 오죠. 그쪽 경영자들과 막역하거든요. 그걸 확인한 후에 향료 비용으로 5천만 원만 준비하세요. 돈은 저쪽 계좌로 입금하면 됩니다."

"그라스 알프레도의 향료를 산단 말이죠?"

"다른 곳도 많아요. 하지만 그의 향료가 알아주죠. 에르메스나 겔랑에서 선호하는 향료이기도 하고요."

"……."

"뭐, 조금이라도 의문이 든다면 하지 않아도 됩니다. 솔직히 나는 한국 조향사들을 키우고 싶은 사명감으로 봉사하는 것뿐이니까요."

"잠깐만요."

강토가 일어섰다.

보관실로 들어가 향료 두 개를 챙겼다. 포장 상자에 담은 후에 하나는 표면에 아이리스 향료를 바르고 또 하나는 제비꽃 향료를 발랐다. 특별 서비스였다.

"여기 있습니다."

상자를 성정우 앞에 내놓았다.

"아이리스와 제비꽃이군요? 잘 생각했습니다. 닥터 시그니처는 이제 돈 벌 일만 남았어요."

성정우는 바로 상자를 챙겼다.

"그런데……."

"질문 있습니까?"

"아까 레이먼드나 알프레도 박사와 막역하다고 하셨죠?"

"당연하죠. 그 친구들, 내 말이라면 껌뻑 죽어요."

"그라스까지 가서 사진도 찍으셨고……."

"에르메스나 겔랑과 계약이 되면 같이 한번 갑시다. 향료의 신세계를 만날 수 있을 겁니다."

"사진 말입니다. 언제 찍은 거죠?"

"얼마 전에요. 나하고는 일 년에 서너 번씩 만나는 사이입니다."

"잠깐만요."

강토가 핸드폰을 집었다. 누른 번호는 알프레도의 번호였다.

"여보세요? 알프레도 박사님."

강토의 불어가 빛을 발한다. 성정우의 귀에도 알프레도라는 단어가 들어갔다.

"한번 받아 보시죠. 저랑 같이 하는 프로젝트(?)가 있거든요."

"……?"

"제가 다녀온 게 며칠 전인데… 조향 오르간은 언제 또 바꾸셨담."

강토가 중얼거리는 사이에 성정우의 얼굴이 파랗게 질려 갔다.

"아, 잠깐, 잠깐만요. 제가 갑자기 배가 좀 아파서……."

성정우는 배를 잡고 조향실을 나갔다.

"왜 저래?"

열린 문 사이로 상미가 물었다.

"사기꾼이 사기 치다 들켰으니 튀는 거지 뭐."

"사기꾼?"

"짝퉁 계약서에 합성 사진 가지고 와서 글로벌 향수 회사랑 연결시켜 주겠다고 향료 비용으로 5천만 원 내라네? 그래서 선물 좀 줘서 쫓아 보낸 거야."

"사기꾼에게 무슨 선물?"

"그 심보 빼박으로 닮은 선물."

강토가 의미심장하게 웃었다.

성정우가 사기꾼이라는 건 사진에서 감을 잡았다. 조향 오르간 때문이었다. 다른 조향사들 것은 관록에 비해 너무 새것이었고 알프레도의 것 역시 같은 것이었다. 하나의 조향 오르간 사진을 각도만 달리해서 합성을 한 것이다.

"진짜 사기꾼이면 경찰에 신고해야지?"

"미수였잖아? 그리고 경찰 조사 받는 정도의 응징 조치는 해 놨어."

"응징?"

상미의 촉각이 쫑긋 섰다.

순간, 대문 밖의 차량에서 성정우의 비명 소리가 날아들었다. 상미와 이린이 달려 나갔다. 성정우가 오바이트를 하며 차에서 기어 나오고 있었다.

"악."

이린과 상미도 코부터 막았다.

「이소니트릴」

그 냄새였다. S급 악취에 속하니 후각 우등생이 아닌 상미와 이린도 단숨에 느낀다. 속이 뒤틀리는 것은 물론 후각에 평생의 대미지를 남긴다. 성정우의 속셈을 눈치챈 강토, 그의 심보에 이 악취를 선물했다. 성정우는 그게 아이리스와 제비꽃인 줄만 알았다. 표면에 그 향을 뿌렸기 때문이다. 그것만 해도 큰 이득이었기에 챙겨 나와 시향부터 했다.

치잇.

아이리스와 제비꽃 향으로 위장된 채 스프레이 속에 감춰졌던 향. 열어서는 안 될 냄새. 좁은 차 안에서 맡았으니 똥물까지 게워 올리는 성정우였다.

"아오, 개— 꼬시다."

상미의 사자후였다.

*　　　　*　　　　*

"대표님."

상미가 먼저 하우스로 들어왔다.

"어때?"

이미 이소니트릴의 냄새를 맡은 강토였지만 시치미를 떼고 물었다.

"토하고 난리야. 이소니트릴이지?"

"응, 그 사람하고 어울리는 거 같아서……."

"사람 잘못 골랐지. 감히 우리 대표님에게……."

"이것도 유명세인가 보다."

"응? 그런가? 하지만 사기꾼은 1도 안 반가운데?"

"별일 없이 넘어갔으니 다행이지 뭐. 이린이는?"

"그 인간 동영상 찍고 있어. 또 깝치면 공개한다나? 나보다훨 낫다니까."

상미가 돌아볼 때 대문 앞에서 소란이 일었다.

"뭐야? 그 인간이 이린이 건드리는 거야?"

상미가 팔을 걷고 나섰다. 그때 이린이 들어왔다.

"그 인간이 뭐라 그래?"

상미가 핏대를 올렸다.

"아뇨. 이번에는 다른 사람들요."

"다른 사람들?"

"대표님 띄워 주러 왔다길래 제가 쫓아 버렸어요."

"잘했어. 오늘 아주 날 받았구나."

"그러게 말이에요. 외국 사람들까지 왜 그러는지 모르겠어
요."

"외국 사람들?"

조향실로 들어가던 강토가 돌아보았다.

"이번에는 둘이었어요. 영어까지 쓰면서 대표님 만나겠다기
에 제가 실력 행사 좀 했죠 뭐."

이린이 무용담을 쏟아 놓을 때 전화가 들어왔다.

"어?"

강토 눈이 휘둥그레졌다.

또 프로젝트 매니저가 맞았다. 하지만 사기꾼이 아니라 드
라고코에서 온 사람들이었다.

—드라고코 리포트 일로 왔는데 입장을 못 하고 있습니다.
죄송하지만 허락을 좀 해 주시겠습니까?

정중한 요청이 나왔다.

"그럼 조금 전에 오신 분들이?"

—예, 대문 앞에서 쫓겨나고 말았습니다.

"잠깐만요."

통화를 끝낸 강토가 이린을 불렀다.

"……?"

설명을 들은 이린이 하얗게 얼어붙었다.

"대표님……."

"괜찮아. 내가 양해 구할 테니까 가서 모시고 와."

"죄송해요……."

"괜찮대도. 아직 가신 건 아니니까."

강토가 웃었다.

"안녕하세요?"

잠시 후에 두 외국인이 들어섰다. 지난번에 찾아왔던 그 사람이었다. 다만 한 사람은 새로운 얼굴이다. 강토가 그 둘을 맞았다. 새로운 인물의 손에서 다양한 향료 냄새가 났다. 조향을 하는 사람이 틀림없었다.

"죄송합니다."

차를 가져온 이린이 외국인들에게 거듭 사과를 했다.

"아닙니다. 닥터 시그니처의 설명을 들었습니다. 공교롭게도 직전에 프로젝트 매니저를 사칭한 사람이 왔었다고요?"

"아무튼 죄송합니다아."

"샘플 향수 몇 개 부탁해."

거듭 사과하는 이린에게 강토가 지시를 내렸다. 결례를 했으니 향수로 사과하려는 생각이었다.

"히야……."

향수를 시향한 매니저들이 자지러졌다.

"이번에도 아네모네 쪽에 볼일이 있으셨나요?"

"저는 그렇습니다. 하지만 우리 토미는 닥터 시그니처를 만나러 오셨습니다."

매니저가 동반자를 가리켰다.

"닥터 시그니처."

토미가 강토를 바라보았다.

"네."

"저는 조향학 박사이자 드라고코 리포트의 편집장입니다."

"네……."

강토가 예의를 갖추었다. 짐작이 맞은 것이다.

"작년에 우리 리포트에 재스민과 장미 향수가 실렸었죠?"

"예."

"당시 여기저기 당신에 대해 의견을 구했는데 평가가 굉장히 좋았습니다."

"네……."

"당시 우리 편집자들끼리 농담 삼아 한 말이 있습니다. 이 조향사, 머잖아 다시 기사화할 수 있을 것 같다고."

"좋게 봐 주셔서 감사합니다."

"향수는 화학으로 쓰는 시지만 실제로는 오감에 호소하는 시라고 알고 있습니다. 닥터 시그니처의 향수가 그만큼 좋다는 것이니 제가 감사받을 자격은 없습니다."

"……"

"혹시 이 리포트 보신 적 있나요?"

토미가 잡지를 꺼내 놓았다. 표지에 아는 얼굴이 있었다. 조향의 대가 에드몽 루드니츠카였다.

"관련 기사는 봤지만 처음 봅니다."

"이 리포트 편에는 에드몽 루드니츠카에 대한 것만 나옵니다. 전면 특집이었거든요."

"그것도 듣기는 했습니다."

"우리는 에드몽 루드니츠카 다음으로 전면을 채워 줄 조향사를 찾고 있었습니다. 유럽과 미국 등지에서 말이죠."

"네……"

"그러던 중에 한 사람의 제보를 받았습니다. 코리아의 닥터 시그니처라면 참신한 구상이 될 거라고."

"……"

"바로 뉴욕 타임즈의 향수 비평가 로베르토 박사님이었습니다."

"로베르토 박사님요?"

"죄송하지만 몇 가지 확인을 해도 되겠습니까?"

"물론이죠."

"로베르토 박사님은 우리의 주요한 정보 제공원이자 칼럼니스트십니다. 롤스로이스 대첩을 말씀하시더군요. 현재 지구를 선도하는 다섯 명사들에게 만장일치를 이끌어 냈고 그 앞선 과정에서는 일본의 향수 대가를 감동시켰다고요? 또한 그 전에는 좀비 향수라는 것으로 미국의 거장 안소니 감독의 영화를 녹다운시켰고, 머잖아 밀라노에서 패션 거장들의 쇼에 함께 나선다고 들었습니다. 네 가지 주제의 향수를 앞세운 디자이너의 자격으로?"

"그렇습니다만."

"로베르토는 그 업적을 들어 당신을 추천했습니다. 보증인도 두 명이나 세웠는데 스타니슬라스와 메디치입니다. 쟁쟁한 분들이죠."

"……?"

"이제 당신의 입과 향수로 확인을 받았으니 에드몽 루드니츠카의 후속편 적임자로서 당신의 향수 세계를 전면 특집으로 싣고 싶습니다. 그간의 업적에 중대한 하자가 없다면 말이죠."

"전, 전면 특집이라고 했습니까?"

"네, 전면 특집. 당신의 향수, 당신 향수의 세계관, 그리고 포부……."

"제가 그럴 자격이 있을까요? 저보다 유명한 사람이 널렸을 텐데?"

"지금 현재 당신보다 유명한 조향사가 많은 건 사실입니다. 하지만 지금의 추세대로 나가신다면 조금 먼 미래에 당신보다 유명할 사람은 없다는 게 저희 견해입니다. 아울러 당신을 추천하신 분들의 견해이기도 하겠지요."

"……."

"우리는 그 미래에 투자하고 싶습니다. 허락하시면 밀라노 패션쇼까지 취재를 마친 후에 리포트에 싣겠습니다."

"옵션이 있겠죠?"

강토가 물었다. 드라고코도 네임드 회사다. 강토가 주목받고 있다지만 메이저 향수사에서 히트작을 낸 것도 아니었다. 이제 제대로 뜨기 시작한 조향사. 입도선매의 조건이 있을 수 있었다.

"그런 것도 냄새가 납니까?"

"선악의 느낌과 질병 정도는 체취로 알 수 있죠. 하지만 뭐든 알 수 있는 건 아닙니다."

"그렇군요. 질병에 대한 건은 지난번에 확인했습니다. 코리아의 유명한 연예인을 불치병에서 구했고 병원에서 비글과 팀을 이루어 암 조기 진단에도 참여한다는 유튜브가 있더군요."

"사실이긴 하지만 자랑할 일은 못 됩니다. 저는 조향사니까요."

"우리 회사의 옵션……."

잠시 강토를 바라본 토미가 시원하게 뒷말을 이었다.

"있습니다."

"들어 볼까요?"

강토는 서두르지 않았다.

엄청난 제의가 나왔다. 드라고코에 게재된다는 건 주목할 만한 조향사가 되었다는 뜻이었다. 거기다 전 지면 특집이라면 특급 조향사 취급을 받는다는 것.

보통의 강단이라면 아부를 해서라도 마음에 들려고 하겠지만 강토는 오직 향수로 평가받고 싶었다. 게다가 여기는 강토의 향수 제국. 이 안에서는 지보단이든, 에르메스든 강토를 멋대로 휘두를 수 없었다.

"그 전에 먼저 몇 가지 정보를 전하죠. 그래야 당신의 판단에 도움이 될 테니까요."

'정보?'

"우선 메이저 향수 회사들 말입니다. 에르메스와 겔랑을 필두로 코티와 로레알… 머잖아 그쪽에서 놀라운 제의가 올 겁니다. 간단히 말하면 당신을 스카우트하고 싶어 하더군요. 그도 아니면 조인트 향수 출시……."

'에르메스와 겔랑?'

강토 촉이 일어섰다. 사기꾼으로 쫓아 버린 성정우의 말과 일치하는 내용이었다. 그러니까 성정우도 이 정보를 주워들었던 모양이었다.

"저희도 같은 생각입니다. 당신 이름을 단 특별한 향수를 두 작품 정도 받을 수 있으면 합니다. 대우는 A급으로 책정될 것입니다만 강요는 아닙니다. 드라고코 리포트의 전 지면 특집 필수 옵션도 아니고요. 다만 저희가 이런 스케줄을 올리자 경영진에서 그런 지시를 내렸다는 것을 말씀드립니다. 회장님께서 가급적이면 당신과 일할 기회를 만들어 보라고 하셨습니다."

"……."

"팩트를 말하자면 저희가 전면 특집을 구상한 게 먼저라는 겁니다. 당신이 수락하면 제가 좀 뜨겠지만 저는 현재 조향 전문지 편집자입니다. 둘 중 하나를 택하라면 닥터 시그니처에 대한 취재가 우선입니다. 그러니 편안하게 판단하셔도 됩니다. 설령 잘린다고 해도 제가 갈 곳은 많으니까요."

토미는 유쾌했다. 활기차고 긍정적이다.

"그러시다면 전자의 제의는 사양합니다. 저는 무엇에도 얽매이고 싶지 않습니다."

강토도 쿨하게 답했다. 질질 끌거나 돌아가는 건 예의가 아닌 것이다.

"다행이군요. 전면 편집의 기회까지 잘라 버리지 않으셔서."

"그건 제가 할 말입니다."

"좋습니다. 전자는 내려놓고 후자만 진행하도록 하죠."

"네."

"미리 말씀드리지만 저희는 기사를 포장하지 않습니다. 또

한 아까 말씀드린 대로 취재 중에 중대한 하자가 드러나면 지면 약속은 없었던 것으로 합니다."

"당연하겠죠."

"당신의 시간을 많이 뺏을 수는 없을 테니 미리 스케줄을 짜야 합니다. 그걸 위해 당신의 루틴을 듣고 싶습니다."

"그렇게 하죠."

강토가 메모를 건네주었다. 향수를 만드는 반경 전부를 적었다. 남산 아래의 집과 블랑쉬 하우스, 그리고 가의도에, 툭하면 냄새의 영감을 위해 도시와 교외를 도는 일과까지."

"맙소사, 향을 직접 추출한단 말입니까?"

메모를 받아 든 토미가 경기를 했다.

"모든 향료를 다 만드는 것은 아니지만 상당수 천연향료는 우리가 직접 만들어 쓰고 있습니다."

"우리라면? 밖의 멤버들 말입니까?"

"네, 그리고 여기 가의도에 또 다른 멤버가 있죠. 꽃과 식물, 나무 등에서 앙플라쥐나 메서레이션으로 추출을 하는… 뭐, 저희들도 종종 합류하곤 합니다만……."

"앙플라쥐와 메서레이션이라면 19세기 향수처럼 향을 추출한단 말입니까?"

"그 말이 딱이군요. 19세기 향수처럼."

"그때처럼 동물유지로요?"

"물론이죠. 돼지와 송아지, 그리고 양과 그들의 신장 주변

기름들, 거기에 다섯 가지 올리브를 상황에 따라 동원하고 있습니다."

"허어……."

"나아가 때로는 사람의 체취 샘플도 추출해서 사용하죠. 고난도 시그니처를 만들 때는 말입니다."

"……!"

토미의 표정이 창백하게 변했다.

그도 조향사였다.

향 개발을 주로 했다. 특이한 향료를 만드는 화학자나 조향사를 찾아다니는 일이 좋아 리포트 편집자로 자리를 옮겼다.

자연에서 추출하는 향료.

조향사들에게 당연한 일이었다. 그러나 저 먼 옛날의 일이었다. 지구상의 거의 모든 조향사들은 향료를 구입해서 사용한다. 에센스와 콘센트레이트, 이 두 종이 대표적이다. 이유? 간편하기 때문이다.

토미는 그런 조향사들에게 후한 점수를 주지 않았다. 그는 시작부터 끝까지 향을 아우르는 조향사를 만나길 원했다. 그게 그가 생각하는 찐 조향사였다.

그런 조향사를 마침내, 눈앞에 둔 것이다.

그러나 섣불리 판단하지 않았다. 눈으로 보지 못했다. 그의 기사 작성 원칙은 '현장 확인'이었다. 팩스나 이메일, 제보 따위는 그저 하나의 단서일 뿐이었다.

"놀랍군요. 그 장면을 보고 싶습니다. 사진을 위해 연출되는 게 아니라 일상으로서의 천연향 추출……."

기대감을 숨기지 않는다.

"한 번도 보지 못한 겁니까?"

"보기는 했죠. 그러나 그들은 그저 볼거리를 위한 시연에 불과했습니다."

"그러자면 저희 향료를 조달하는 가의도를 가 보셔야겠네요."

"멉니까?"

"네. 서울에서 몇 시간 걸립니다만."

"좋습니다. 그런 게 있다면 당연히 취재하고 싶습니다. 향 추출부터 향수의 완성까지. 처음부터 끝까지의 조향사… 그런데 기기는 무엇을 쓰나요?"

"첨단 추출기를 기대하시면 실망하실 겁니다. 저희는 19세기풍의 청동 알람빅을 주로 사용하거든요."

"와우."

토미가 또 한 번 놀랐다.

둘의 대화가 문밖으로 차곡차곡 흘러 나갔다.

"……?"

고객들에게서 즉석 향수를 담아 주던 이린의 귀가 그 말을 포착했다. 그녀의 심장이 저절로 뛰었다. 결국 상미에게 보고를 하고 말았다.

"정말?"

"네. 제가 방금 들었어요."

"드라고코 전 지면 특집? 우리 대표님이?"

"그렇대요."

"대박. 동양의 조향사로서는 처음일 거야."

상미가 미친 듯이 상기된다.

"그런데… 드라고코사의 향수 발매 제의는 거절을……."

"당연하지. 대표님은 누구 밑으로 들어갈 분이 아니야. 결국에는 드라고코 같은 회사들을 다 먹어 치워 버릴걸?"

"정말 그럴 것 같네요. 대표님은 정말……."

이린도 공감을 표한다.

"가만, 권 실장에게 소식을 전해야지."

상미가 핸드폰을 집어 들었다. 두 엄지가 바람처럼 글자를 찍는다.

[대표님 드라고코 리포트 전 지면 특집 장식할 듯]

[지금 드라고코 리포트 관계자가 와 있음]

[대박대박 찐대박]

상미의 문자는 쉴 새도 없이 날아갔다.

*　　　　　*　　　　　*

"……!"

토미는 진지했다. 강토가 공개한 그동안의 향수들. 무아지경으로 감상하는 그는 감탄사조차 방해가 될까 봐 토하지 않았다.

조향 오르간 옆에서 강토가 향수를 만드는 과정을 지켜보았다. 추진진을 위해 구상하는 향수였다. 토미는 숨소리도 내지 않았다. 포뮬러를 구현하는 과정은 토미와 조금 달랐다. 치밀하게 임하기보다 직관을 앞세우는 것이다. 스케치에 향료가 적혀 있지만 거기에 얽매이지 않았다. 향을 컨트롤하다가 아니다 싶으면 조금 더하거나 빼는 것이다. 계량 같은 것은 일절 없었다.

그럼에도 불구하고 컴파운딩이 끝나면 귀신처럼 포뮬러를 적어 냈다. 호기심 많은 토미가 재현에 도전했다. 놀랍게도 거의 그대로 재현이 되었다.

"……."

토미는 강토의 향수 세계에 빠지고 말았다.

강토의 첫 작품으로 꼽히는 향수의 비하인드 스토리를 위해 손윤희를 만났다. 비글들도 만났다. 그런 다음 지승 스님의 화란사를 거쳐 가의도로 가는 동선을 짰다.

화란사를 거친 건 가죽나물 때문이었다. 이제는 끝물이었다. 하지만 음지의 참죽나무 일부가 새순을 틔우고 있었다. 날

것으로 맛을 보더니 엄지를 세워 주었다.

절에서도 토미의 경이감은 계속되었다. 지승 스님 때문이었다. 스님이 불상에 향수를 뿌린 것이다. 강토가 만들어다 준 오우드와 샌들우드 향수였다.

수도자들.

향수와 무관하지 않았다. 서양 역시 그랬다. 오래전의 수도승들은 향수의 아버지로 불리기에 충분했다. 그들은 향을 만들었고, 그 향의 일부는 아직도 발견되고 있었다.

동양의 수도자들도 그랬다. 그 정도는 해박하게 알고 있는 토미였다.

하지만.

그런 서양의 수도자들도 그들의 신전에 향수를 뿌리지는 않는다. 그런데, 이 절에서는 그게 행해지고 있었다. 토미가 향수 시향을 했다. 고개가 끄덕여졌다.

이제 보니.

닥터 시그니처의 향이 미치지 않는 곳이 없었다. 오죽하면 영화관, 거장 안소니 감독의 폭주조차 막지 않았던가?

다음 날의 행선지는 가의도였다. 천연 향을 추출하는 모습. 토미가 보기를 원했다. 강토를 믿지 못해서가 아니었다. 과연 어떤 세계가 펼쳐질지 궁금한 것이다.

"타시죠."

차편은 강토의 방개차로 정했다. 강토가 문을 열어 주었다.

그때 이린이 강토를 막아섰다.

"배 실장님 특명이에요. 운전은 제가 하겠습니다."

"이린……."

"저 운전 잘해요. 1급 면허 소지자거든요. 가의도에서는 트럭도 몰았고요."

"안 돼. 힘들 테니 매장에서 상담이나 하고 있어."

"두 분이 얘기를 하셔야 하잖아요? 운전하면서 이야기하시면 위험해요."

"이린."

"설마 제가 여자라서 깔보는 건 아니죠?"

그 말이 쥐약이었다. 키를 넘겨주고 말았다.

"다녀올게."

상미에게 당부를 남기고 서울을 떠났다.

토미는 정말 궁금한 게 많았다. 휴게소에 들를 때까지 질문이 이어졌다. 스타니슬라스나 로베르토와의 인연을 물었고 일본의 츠바사와의 배틀을 궁금해했다.

백화점 향수를 시작으로 개와 고양이 향수도 그랬고 추진진에 대한 일화도 허투루 듣지 않았다.

"그러고 보니……."

하나하나 기록하던 그가 문득 고개를 들었다.

"당신이 꿈꾸는 미래는 무엇이죠?"

내 꿈.

그게 뭐냐고?

그 말에 강토가 골똘해졌다.

블랑쉬의 당부를 떠올렸다.

위로도 되고 용기도 되었던 내 향기의 세상.

최고를 이루고도 누리지 못한 그 세계.

네가 사람들에게 알려줘.

누가 이 세상 향수의 지배자인지.

향수의 지배자.

강토는 그 길을 가고 있다.

그러나 그건 강토 속에 살아 있는 세상이다. 꿀릴 것은 없지만 공개적으로 발표하기에는 무리였다. 벼는 익을수록 고개를 숙여야 한다. 자칫하면 오만방자로 보여 사람들의 시기를 살 수 있었다. 더구나 SNS 세상이다. 이유도 없이 까대는 사람들이 지천이니 발설할 수 없었다.

"만인에게 용기와 위로, 그리고 행복이 되는 향수를 만들고 싶습니다."

"멋지군요. 장르는 다르지만 조아키노 로시니 평전을 보는 것 같습니다."

"로시니라면 작곡가 아닙니까?"

"이탈리아 밀라노로 가신다더니 알고 계시는군요? 19세기 음악가인데 독보적인 천재로 불리죠. 그러고 보니 로베르토 박사님께서 당신도 19세기의 정통 유럽 향수 포뮬러를 마스터하고 있다고 했습니다."

"그런 분과 비교해 주시니 영광입니다."

다정한 이야기 끝에 가의도에 닿았다.

다인에게는 연락하지 않았다. 상미에게도 엄명을 내렸다. 꾸미고 싶지 않은 까닭이었다.

향료 추출.

대충 한다고 되는 일이 아니었다. 다인은 믿을 만했고, 다인 역시 강토를 속일 수 없었다. 자칫 불순물이 들어가거나 대충 고른 꽃으로 추출한 향은 강토의 후각 레이더에 걸리게 마련이었다.

그런데……

가의도 향 추출실에 다인이 없었다. 그녀의 아버지와 어머니도 보이지 않았다. 눈에 들어오는 건 들판 가득한 제비꽃과 아이리스의 향기뿐.

"어딜 간 거지?"

그제야 핸드폰을 걸어 본다. 신호는 가지만 받지 않았다.

"제가 찾아볼게요."

한 번 머문 적이 있는 이린, 그녀가 말처럼 뛰었다.

"권 실장님, 어디 계세요?"

이린의 목소리가 평원 너머로 멀어진다.

강토는.

후각을 세웠다.

어디선가 꽃을 따고 있겠지.

연락을 하고 온 것도 아니니까.

하지만 다인의 냄새는 아주 희미했다. 가까운 곳에 없는 것
이다. 오늘따라 꽃 따는 아줌마들도 보이지 않는다.

낭패였다.

이렇게 허술한 모습은 보여 주고 싶지 않았다. 아주 자연스
러운 장면을 보여 주려던 계획에 반전이 생겨 버렸다.

다시 전화를 걸어 본다. 연결이 되지 않는다.

"뭐가 잘못됐습니까?"

토미의 얼굴에 그늘이 졌다. 그는 이 꽃의 평원이 강토 것인
지 알 리 없다. 어쩌면 강토가 속인 것일 수도 있다, 그런 오해
만은 막아야 했다.

"안 보이는데요?"

이린이 돌아왔다. 그녀의 숨은 턱까지 차 있었다.

일단 작업실로 향했다. 그것도 마땅치는 않았다. 문이 잠겨
있었다.

이번에는 강토가 움직였다. 평원의 끝에 자리한 월광소까지
였다. 월광소는 아담하고 청아한 웅덩이다. 그 위로 작은 물
줄기가 폭포를 이룬다. 밤이면 은빛 달님이 내려와 쉬고 간다
할 정도로 주변 풍광이 좋았다. 꽃을 따다 힘들면 여기서 쉬

곤 하던 곳이었다.

다인은 거기에도 없었다.

낭패였다.

"마을에 가서 알아볼까요? 아는 사람이 있을 거예요."

이린이 의견을 냈다.

"그래 줘."

강토가 답했다.

그나마 다행인 것은 작업실 안에서 풍기는 향이었다

'때죽나무와 제비꽃……'

향이 좋았다. 어제쯤 작업을 마친 냄새였다.

"대표님."

이린이 돌아왔다.

"실장님 새벽에 배로 일꾼들 데리고 육지로 나가셨대요. 권 대표님도 같이요."

"그래?"

그때 먼 수평선에 작은 배가 보이기 시작했다. 배를 따라 후각을 겨누었다. 배가 포구에 가까워지자 강토 얼굴이 환하게 퍼졌다. 다인의 냄새였다. 그리고… 배꽃 향기였다. 다인은 배꽃 향의 폭풍과 함께 섬에 내렸다.

"대표님?"

배꽃을 한 바구니 안고 오던 다인이 소스라쳤다.

"어? 닥터 시그니처?"

그녀의 아버지도 그랬다.

그들 뒤로 일꾼들이 보였다. 그들의 손과 머리마다 배꽃 바구니가 천국처럼 안겨져 있었다.

"어떻게 된 거야? 온다는 말 없었잖아?"

다인이 물었다.

"인사부터 드려. 드라고코 리포트 편집장님, 평상시의 모습을 보여 주고 싶어서……."

강토가 토미를 소개했다.

"안녕하세요?"

다인의 인사는 영어로 나온다.

"어떡해. 핸드폰도 안 가져가서… 오래 기다렸어?"

"뭐, 조금… 꽃구경하고 있었어."

"미안, 내가 이렇게 살아. 핸드폰 그거 가지고 다니면 귀찮기만 해서……."

"배꽃 향 추출하게?"

"대표님 특명이었잖아? 몇 군데 알아 둔 곳이 있었는데 마침 제대로 피었다고 해서 다녀오는 길이야. 꽃차 한잔 줄까?"

"토미?"

강토가 토미의 의향을 물었다.

"괜찮습니다. 저는 투명 인간 모드로 있을 테니 하던 대로 해 주십시오. 저는 그게 더 좋습니다."

"들었지?"

강토가 다인을 바라보았다.

"알았어. 그럼 온 김에 유지 좀 도와줘."

다인이 뒤쪽을 가리켰다. 그제야 신선한 유지 냄새가 풍겨 왔다.

작업실 문이 열리자 알람빅이 드러났다. 이제는 한 대가 아니라 세 대였다. 작업대는 먼지 하나 없이 깨끗했다. 제약 회사에 가깝게 투자한 시설 덕분이었다. 강토와 이린이 팔을 걷고 나섰다.

"수이트가 권혁재 기사님이 주시는 것만 못해. 그래도 나름 A급이라 가져왔어. 흔한 것도 아니라서."

다인이 유지를 펼친다. 돼지기름부터 송아지 기름까지 기막힌 퀄리티였다.

강토와 다인, 그리고 이린.

셋이 둘러앉아 이물질을 골라낸다. 강토는 거의 자동이다. 유지 덩어리를 앞에 놓고 후각으로 더듬는다. 이물질의 판별에는 1초도 걸리지 않았다. 토미는 그게 신기했다. 마트의 스캐너를 보는 느낌이었다.

띡.

통과.

띡.

통과.

다인의 내공도 만만치 않았다. 후각에 더해 시각을 동원하지만 손길은 강토보다 더 노련했다. 관록이 붙은 것이다. 셋 중에는 이린이 가장 느렸다. 그러나 그녀에게도 필살기가 있었으니 진지함이었다.

찰칵찰칵.

사진을 찍던 토미, 결국 근질거리던 말을 하고야 말았다.

"저도 체험 좀 해 보면 안 될까요?"

"권 실장?"

판단권은 다인에게 주었다. 여기서는 그녀가 결정권자였다.

"해 봤어요?"

다인이 토미에게 물었다.

"시연 때 경험했지만 여기처럼 진짜 작업장은 아니었습니다."

"이린, 그 주걱 토미에게 넘겨 드려."

다인의 지시가 떨어졌다. 유지를 녹이는 무쇠솥 앞이었다.

"쉬지 말고 저으셔야 해요."

이린이 방법을 전수한다. 긴 주걱을 받아 든 토미가 기름 덩어리를 젓는다. 솥에서 올라오는 열기 때문에 이내 땀에 젖는다.

"쉬면 안 돼요."

다인은 주의와 함께 꽃을 쏟아 넣었다. 기름에 꽃이 잠기면서 황홀한 향을 내뿜는다. 조금 걸쭉해지자 다인이 체를 들이댔다. 찌꺼기를 건져 낸 만큼 새 꽃이 들어갔다. 향은 점점 더 진해진다. 반면 토미의 피로도도 늘어난다.

"이제 제가 하죠."

강토가 교대해 주었다. 향은 취하도록 아름답지만 중노동이기 때문이었다. 겨우 숨을 돌리는 토미에게 다인이 얼음을 동동 띄운 꽃차를 건네주었다.

'히야.'

한 모금 머금자 토미 가슴이 시원해진다.

차를 마시면서 강토를 본다.

조향 오르간 앞에서는 세련되기 그지없던 닥터 시그니처. 주걱을 휘젓는 포스도 남달랐다. 무작정 젓는 게 아니라 꽃과 대화를 하는 것 같았다.

이 모든 것의 생명은 타이밍이었다. 기름이 녹는 것도 타이밍, 꽃을 넣는 것도 타이밍, 향이 빠진 찌꺼기를 건져 내는 것도 타이밍…….

다인은 이따금 오가며 불 조절을 했다. 그것 또한 타이밍의 하나임은 두말할 것도 없었다.

"우와."

토미 입이 한껏 벌어졌다. 그렇게 나온 포마드 창고에서였다. 포마드 다음 과정인 에센스도 많았다. 에센스를 가져다 순수 에센스로 만드는 과정도 보여 주었다. 그런 다음 알코올 비커에 한 방울을 떨구었다. 토미를 위한 서비스였다.

화악.

순수하고 또 순수한 천연 향의 비상.

"……!"

토미는 숨을·멈췄다. 눈앞의 푸른 바다가 바로 꽃의 바다로 변한 것이다. 가의도에서의 백미였다.

"어제 유지를 녹인 후에 마신 꽃차… 내가 마신 차 중에서 최고였습니다."

다음 날, 가의도에서 나올 때 토미가 엄지를 세워 주었다.

"별말씀을요. 다른 것들은 다 불편했을 텐데요."

"아뇨. 절대로요. 꾸미지 않은 소박함이 더 정겨웠습니다. 정말이지 향수의 본고장이라는 그라스의 농원에서도 경험하지 못한 하루였습니다. 게다가 숙식 무료……."

"다행이네요. 실망하신 건 아닌 것 같아서……."

"실망의 반대편입니다. 로베르토 박사님, 닥터 시그니처를 추천하면서 알면 알수록 그 깊은 향수의 세계에 반할 거라더니 그 말을 실감하고 있습니다. 이 기사가 나가면 어쩌면 많은 사람들이 의심할 것 같다는 생각까지 들고 있습니다. 동양에, 더구나 코리아에 무슨 그런 조향사가 있냐고, 조작 아니냐고."

"저런, 그럼 어쩌죠?"

"새로운 스타가 탄생할 때는 당연히 그런 반발이 나옵니다. 그 스타의 사이즈가 클수록 그렇죠. 저는 그 비난을 즐겁게 받아들일 자세가 되어 있습니다."

"고맙습니다."

"마음 같아서는 내일이라도 책을 찍어 내고 싶은데 밀라노 패션쇼가 남았군요. 그렇게 멀지는 않지만 굉장히 긴 기다림이 될 것 같습니다."

토미가 배 위에서 가의도를 돌아본다.

작은 그라스.

그 생각이 저절로 들었다.

그리고.

어쩐지.

머잖은 날, 세계의 조향사들이 주목할 아시아의 향수 본산이 될 것 같은 느낌도……

제6장

—

말라노로 가다

「우리 멤버들도 함께 부각시켜 주시면 고맙겠습니다.」

돌아가는 토미에게 던진 당부는 하나뿐이었다.

상미.

다인.

그리고 이린.

그들은 이제 강토와 뗄 수 없는 멤버들이었다. 물론 그들이 없어도 강토는 향수를 만들 수 있다. 하지만 지금처럼 자유로울 수 없다. 강토가 향수에 전념하는 데는 멤버들의 빛나는 협력이 있기 때문이었다.

취재의 라스트는 태홍과 초혜로 장식했다.

강토가 둘을 부른 것이다.

둘은 얼떨떨해 어쩔 줄을 몰랐다.

「미래의 제자들」

강토의 설명이었다.

오랜만에 본 초혜에게서 여러 꽃 냄새가 났다. 태홍은 말할 것도 없다. 향 공부에 열중하는 것이다. 아직은 어린 학생들. 그럼에도 이런 기회를 주는 건 그들을 고양시키기 위해서였다.

강토가 대학에 들어갔을 때.

많은 동기들이 자기 주도와 적성, 스펙에 대해 말했다.

절대다수가 불만이었다.

중고등학교를 지나는 동안, 그들은 자신이 무엇이 되고 싶은지 알지 못했다. 설령 꿈이 있다고 해도 막연한 것들이었다. 그러나 대학은 그걸 원했다.

─고3 동안 우리 과를 오기 위해 무엇을 했나요?

─이 전공을 하기 위해 어떤 스펙을 쌓았나요?

쉣!

많은 학생들이 한 것은 '그냥' 공부였다. 그러다 보니 3년이 갔고 성적에 맞춰 지원을 했을 뿐이다. 대학은 그 과를 지원한 동기를 물었지만 많은 학생들에게는 그게 없었다.

─지원 가능한 점수대라서 몇 군데 넣었는데 여기가 걸렸어요.

…라고 얘기할 수는 없는 노릇이었다.

꿈을 가지려면 그걸 봐야 했다.

드라마나 영화가 아니라 현실에서.

직접 해 보면 더욱 좋다.

그럴 수 없다면 간접 경험이라도 해야 했다.

그런데 한국의 고등학교에서는 그게 힘들다는 게 친구들의 주장이었다.

그러나 이 두 아이는 찐 꿈을 가지고 있었다. 변할 수도 있지만 키워 주고 싶었다. 그래서 꿈의 세계를 보여 주는 것이다.

조향사가 되면.

이런 일들이 생기는 거야.

다행히 아이들은 잘 녹아들었다.

설레는 마음으로 조향 오르간에 앉았고 강토와 간단한 향수를 만들었다.

찰칵.

토미는 그 꿈의 순간을 놓치지 않았다.

지상에서 가장 아름다운 건.

꿈꾸는 인간.

*   *   *

6월은 재스민의 달.

강토 하우스의 즉석 향수도 재스민 향을 뽑아내는 날이 많아졌다. 한 번은 인사동 상인회의 도움으로 상가 거리로 나가 거리 향수전도 펼쳤다. 상가 진입로와 중앙에 장미 향수를 날린 것이다. 그라스처럼.

관광객들의 반응이 뜨거웠다.

그날 저녁 강토는 밀라노로 갈 향수 샘플들을 꺼내 놓았다. 모델로 나서는 현아와 태홍을 부른 것이다. 상미와 이린까지 모두가 숨을 죽였다.

―르네상스 시대의 향수.

―현대의 향수.

―AI 향수.

―그리고 우주 향수1과 2.

향수는 완성되었다. 항공택배로 날아간 샘플에 대만족이란 표시가 붙어 온 것이다. 우주 향수2를 갈무리하는 것으로 종결을 했다. 본래의 구상에서 수정한 건 용연향과 오셔닉 노트뿐이었다. 포뮬러를 정할 때는 다빈치의 스푸마토 기법까지 동원했다. 톱, 하트, 베이스 노트로 쓰는 향료들의 이미지를 흩뜨려 우주의 시원(始原) 같은 느낌을 강조한 것이다.

천지창조.

강토가 그리는 건 그 순간이었다. 뭇 생명체들이 경배하는 순간의 향. 그걸 닮고 싶었다.

우주 향수2의 수정에 대해 전하자 메리언과 헤이든은 그걸로 메인을 꾸미겠다고 했다. 덕분에 향수1은 엔딩으로 돌렸고 향의 느낌에 따라 의상도 수정되었다. 괜한 일을 만들었나 싶었지만 그렇지 않았다. 둘은 굉장히 환호했으니 엔딩의 고민을 한 방에 날려 주었다고 한다. 그게 뭔지는 강토에게도 특급 보안이었다.

그게 강토를 설레게 만들었다.

밀라노가 더 기다려지는 것이다.

패션쇼에 쓸 분량의 향수는 그렇게 항공 특급으로 날아갔다.

"시향 해도 되요?"

태홍은 조바심에 어쩔 줄을 몰랐다.

"야아, 오빠가 허락해 줄 때까지 기다려."

현아가 태홍을 달랬다.

스슛, 스슛.

둘의 마음을 아는 강토가 향수를 뿌렸다. 군말 없이 블로터를 하나씩 안겨 준다.

"흐음……."

"화아……."

누가 먼저랄 것도 없이 시향에 임한다. 태홍은 급하다. 딱 두 번 킁킁거리고는 다음 시향지를 기다린다.

스슛, 스슛.

네 개의 향수가 하나씩 이어졌다.

"네 가지 영화를 보는 것만 같아요."

현아의 평이었다.

"저는 네 개의 공간… 고풍스러운 성안에서 풍기는 빵 냄새에, 활기로 가득 찬 거리, 그리고 스파클링하면서도 프레시한 금속 향에 계란을 발라 숯에 구운 바비큐 냄새?"

태홍의 평은 길었다. 그러나 강토의 향 주제를 제대로 관통하는 감평이었다.

스슷.

마지막은 추가로 만든 우주 향수2였다.

"우왓, 신성하게 펼쳐지는 끝없이 시린 하늘 냄새?"

"나도요. 뭐랄까? 태초의 공간 같은?"

태홍의 느낌과 현아의 느낌은 대략 닮았다.

상미와 이린도 시향에 참가한다. 예민도는 떨어지지만 비슷한 감상이 나왔다.

"우리가 이걸 뿌리고 패션쇼를 하는 건가요?"

태홍이 물었다.

"이 향수를 쓰는 건 확실해. 하지만 어떻게 할지는 밀라노에 가 봐야 알겠지. 먼저 시향을 시키는 건 분위기를 읽어 두라는 거야."

강토가 답했다.

"으핫, 빨리 가고 싶다."

"베티 보고 싶어서 그러지?"

뒤의 상미가 태홍의 속셈을 찌르지만.

"뭐 그렇기도… 그런데 베티는 저보다 강토 선생님이 더 보고 싶대요."

태홍은 간단하게 빠져나가 버렸다.

"저도 모레면 스케줄 마무리돼요."

현아도 기대되는 눈치였다. 그의 소속사도 동행이다. 헤이든과 메리언. 세계를 주도하는 패션 디자이너들이었다. 그런 사람들에게 선택받은 현아. 그렇게 특별한 이벤트다 보니 소속사가 힘을 써서 연예기자까지 데리고 가는 모양이었다.

관련 보도는 벌써 네 건이나 나왔다. 강토와 연관된 게 두 건이고 현아의 기사가 두 건이었다.

강토는 상미를 동행하기로 했다.

처음에는 혼자 갈까 했지만 상미에게도 필요한 일이었다. 강토의 향수가 어떻게 쓰이는지, 패션과의 융합은 어떻게 되는지, 나아가 해외 스타들의 반응은 어떤지. 직접 보고 겪어야 한 뼘 성장할 수 있기 때문이었다.

"대표님……."

여권을 준비하라고 일렀을 때 상미는 울었다. 강토는 그 눈물의 의미를 알고 있었다. 그렇기에 괜한 호통으로 주의를 돌렸다.

배상미.

그녀는 이미 폭망 후각의 찌질한 조향 복수전공자가 아니었
다. 강토와 일하는 동안 그녀는 향수 전문가로 거듭났다. 향
수는 강토가 만들지만 코디 분야로는 그녀가 더 앞서가고 있
었다. 자신에게 부족한 점을 잘 아는 상미는 다른 방향으로
자신을 개발해 나갔다. 뛰어난 언어 구사력에 심리학을 접목
한 것이다. 강토 몰래 사이버대학에 편입해 학사를 따면서 고
객 상담에 날개를 달았다.

강토가 그 사실을 안 건 최근의 일이었다.

그녀가 이린에게 심리학 공부를 권하는 걸 듣게 된 것이다.
이린 역시 후각이 뛰어나지 못했다. 강토의 도움으로 후각 훈
련을 하고 있지만 그렇다고 후각 준재가 될 수 있는 건 아니
었다. 그러니 자기 계발을 하지 않으면 결국에는 도태될 거라
는 조언이었다.

모른 척 지나쳤지만 고마웠다.

나아가 자극이 되었다.

향수를 향한 상미의 열정은, 방향이 다를지언정 강토에 못
지않았던 것이다.

밀라노로 출발하기 하루 전, 강토는 마지막으로 향수를 체
크했다. 다섯 개의 새로운 작품들. 뿌듯했다. 하나하나 정성
껏 챙겼다. 기도 같은 건 같이 담지 않았다. 기도가 향수를 만
드는 게 아니기 때문이었다.

"대표님."

저녁 무렵 다인이 상경을 했다.

청동빛으로 그을린 그녀가 꽃바구니를 내밀었다.

"불두화네?"

강토가 바구니를 받았다. 안에 든 건 흰 눈을 뭉쳐 놓은 듯 시리도록 흰 불두화였다. 그 아래로 소복하게 깔아 둔 나뭇잎도 보인다. 계수나무 잎이다. 계수나무 잎은 솜사탕 냄새가 난다. 불두화의 향과 합쳐지니 저절로 향수가 되었다.

"그게 절의 종소리를 천 번 들은 꽃이야. 꽃송이도 천 개고. 그러니까 밀라노 확 휘어잡고 오라고."

"어머, 불두화 꽃잎이 천 개예요?"

이린의 눈이 휘둥그레진다.

"야, 너는……."

다인이 울상을 짓는다. 나름 의미를 붙여 본 건데 순진한 이린이 순진한 질문을 날린 것이다.

"배 실장, 예약 손님 없으면 문 닫고 나가지?"

강토가 상미를 돌아보았다. 하루의 예약과 매상을 체크하던 상미가 오케이 사인을 보내 왔다.

"준서 오빠도 온다면서?"

다인이 상미에게 다가가며 물었다.

"응."

"준비는?"

"준비할 게 뭐 있냐? 대표님만 잘 챙기면 되지."

상미가 얼굴을 붉혔다. 혼자 따라가게 되니 다인에게 미안한 눈치였다.

"야, 내 눈치 볼 거 없어. 대표님이 다음에는 나 그라스에 보내 준다고 했으니까."

"진짜?"

"그래. 그러니까 너답게 당당하게 다녀와라. 너, 밀라노 가서도 그런 모습으로 대표님 보필하면 진짜 나한테 죽는다?"

"걱정 마. 밀라노에서는 절대."

"기집애, 출세했네. 비즈니스로 밀라노를 다 가고."

"그렇지? 우리 출세했지?"

"그래. 그러니까 잘하자. 응?"

"하우스는 걱정 마. 너는 가의도만 잘 지켜 주면 돼."

상미가 웃을 때 준서가 도착했다.

"형."

강토가 준서를 맞았다.

"오빠……."

상미와 다인도 뛰어나와 껑충거린다. 상미와 다인에게 있어 준서는 여전히 큰오빠처럼 든든한 존재였다.

"어허, 세계적인 조향사의 찐 멤버들이 이렇게 촐싹거리면 되겠냐? 무게 좀 안 잡을래?"

준서가 괜한 호통을 친다. 물론 그녀들에게 먹힐 리가 없었다.

장소를 이탈리아 요릿집으로 옮겼다.

로마에서 일하던 셰프를 데려와 정통 이탈리아 요리로 소문난 곳이었다. 손윤희 덕분에 알게 되었는데 강토도 특별한 날 종종 이용하고 있었다.

"아유, 향수 박사님 오셨네?"

50 초반의 여주인은 강토 팬이었다. 강토가 손윤희와 함께 온 후부터였다. 손윤희의 왕팬이었던 그녀는 강토가 손윤희를 재기시켜 준 은인이라는 걸 알았다. 그때부터 강토는 VVIP 대우를 받게 되었다.

내실에 착석하자 요리가 나오기 시작했다.

시작은 와인 건배였다.

"아, 나도 가게 문 닫고 따라가야 하는데……."

준서는 본심을 오래 숨기지 못했다.

"오빠, 나 간신히 참고 있는데 오빠까지 왜 이래?"

다인의 눈이 레이저를 발사했다.

"그러지 말고 우리 몰래 따라갈까?"

준서가 유혹의 추파를 던진다.

"됐거든. 오빠는 사장님이라 그럴 수 있을지 몰라도 나는 사장님이 아니에요."

다인이 받아친다. 분위기는 슬슬 달아오른다.

"세계적인 패션 디자이너들과의 조인트 이벤트… 진짜 생각만 해도 몸서리가 쳐진다. 다인아, 우리가 학교 다닐 때 이런 거 꿈이라도 꿔 봤냐?"

"절대 못 꿨지. 아네모네의 계약직만 얻어걸려도 감지덕지였
으니까."

"그런데 우리 강토가… 게다가 상미까지… 사회는 성적의
역순이라더니 그 말, 딱이네."

"뭐가?"

"얘네 둘 다 후각은 꽝이었잖아?"

"대신 이론은 짱이었거든? 특히 우리 대표님, 그리고 상미
도 이론 성적은 별로 빠지지 않았고."

"아오, 같이 일한다고 편들기는?"

"뭐가 편들기야? 팩트잖아? 팩트."

"알았다, 알았어. 이럴 줄 알았으면 나도 우리 가게 애들 다
출동시킬 걸 그랬네. 쪽수에서 밀리니 기 죽어 살겠냐?"

"쳇, 형은 일당백이야. 우리 셋에게는 언제까지나."

강토가 한마디로 정리했다. 늘 반듯하고 의젓해 보이던 준
서. 그 이미지는 여전히 강토와 상미, 다인의 마음속에 있었
다.

"아무튼 밀라노, 유럽 조향사들 다 뒤집어 주고 와라. 그 정
도 수준의 패션쇼면 유튜브 중계도 있을 거니까 찾아 보면서
응원하고 있을게."

"고마워, 형."

"자, 그럼 닥터 시그니처의 유럽 정벌을 위해."

준서가 마무리 잔을 들었다.

*   *   *

푸제아 로얄.

이제 숙성실에서 꺼냈다.

치잇.

마무리 시향을 한다. 만족스러웠다.

'잘빠졌다.'

스스로에게 자부심을 건넸다. 약속한 대로 스타니슬라스에게 한 병 선물할 생각이었다. 알프레도가 블랑쉬의 자료를 가져온다면 그에게도 한 병……

용량이 큰 건 수화물 가방에 담고 작은 샘플병들은 휴대용 가방에 담는다. 여러 기본 향 샘플들도 알뜰하게 챙겼다. 조향사에게 향수란 군인의 총과도 같으니 언제 필요한 일이 생길지 모르기 때문이었다.

'그럼 가 볼까?'

차분하게 향수 가방을 닫고 일어섰다.

"아, 이게 말로만 듣던 그 일등석이구낭?"

비행기 머리 쪽으로 탑승한 상미는 좌석 앞에 서서 어쩔 줄을 몰랐다.

"이거 저 혼자 앉아도 돼요?"

태홍은 더 놀란다. 자칫하면 신발까지 벗을 기세였다.

좌석은 패션쇼 협찬사에서 제공했다. 헤이든과 메리언의 위명 덕분이었다.

"도와드릴까요?"

승무원이 다가와 상미에게 물었다.

"아, 아니에요. 사진 좀 찍으려고요."

"그러세요."

승무원이 생긋 웃으며 지나갔다.

상미가 바빠졌다. 가만히 보니 일등석 시승기로 인스타를 도배할 작정이었다. 옆 좌석에 앉은 강토는 기내 냄새부터 맡았다. 지난번의 경험 때문이었다. 불길한 냄새는 나지 않았다. 그제야 작은 상자를 꺼내 놓았다. 네 개였다. 어젯밤 준서가 찔러 준 초콜릿이었다.

일단 메리언에게 전화부터 걸었다.

"우리 지금 출발합니다."

─알았어요. 빨리 와요.

메리언의 목소리는 곁에 있는 듯 달콤했다.

핸드폰을 비행기모드로 두고 초콜릿을 열었다.

"부탁이 있는데……."

강토가 방개차의 조수석에 오를 때 준서가 한 말이었다. 대리 기사가 온 것이다.

"초콜릿이야. 여럿이 가면 너만 먹기 뭐할 테니 다들 하나씩 줘. 하지만 네 몫으로 표시된 건 너만 먹어. 천천히 먹고 밀라노에 도착해서 문자 좀 날려 줘. 어떤 초콜릿이 가장 맛있었는지."

"형, 이거 뭔가 있구나?"

감을 잡은 강토가 준서를 바라보았다.

"부탁한다."

준서의 대답이었다.

편지가 열렸다.

"······!"

나중에 알았지만 그 안에는 정말 엄청난 게 있었다. 준서에게는 강토의 밀라노행 못지않은 대사건들······.

*　　　　*　　　　*

「다 먹어 보고 어느 게 가장 맛있는지, 공항에서 내릴 때 좀 알려 줘.」

편지는 짧았다.

강토는 알 수 있었다. 이건 평범한 시식이 아니었다. 일단 초콜릿들의 포스부터 그랬다. 흔하게 만나는 그런 게 아니었다. 모양도 그렇고 향 배합도 장난이 아니었다. 장미가 들어간 것도 있고 버섯이 들어간 것도 있다. 코코아의 함량도 일반

초콜릿과 달랐다. 이렇게 하면 지방이 적어진다. 그것만으로
도 스페셜하고 또 스페셜한 것들이었다.

'준서 형······.'

강토 어깨에 긴장이 맺히기 시작했다. 이렇게 특별한 부탁
이라면 예감보다도 더 중대한 일이 틀림없었다.

숨을 고르고 초콜릿을 집어 들었다. 표정은 희귀한 향수를
시향 할 때의 그 모드였다. 이 높은 창공에서 무아지경으로
들어간 것이다.

세 번째 초콜릿을 넘길 때, 강토는 알았다. 이것들은 회심의
작품이었다. 하나의 초콜릿마다 하나의 세계를 가지고 있었
다. 오감이 점점 더 긴장 속으로 빠져들었다.

마침내 마지막 초콜릿이 목으로 넘어갔다. 감격에 사로잡혀
한참을 그대로 있었다.

향수의 대가들이 떠오른다.

파리나와 장 폴 겔랑, 어네스트 보와 조 말론, 에드몽 루드
니츠카, 프랑스와 코티의 작품을 한자리에 모아 놓고 우열을
가리는 일 같았다. 정말이지 우열을 가리기 어려웠다. 가만히
눈을 감고 지나간 맛을 되돌렸다.

강토의 선택은······.

맨 마지막에 먹은 빨간 빛깔 꼬마 능금 모양의 초콜릿이었
다.

겨우 긴장을 풀고 보니 현아가 바라보며 웃는다.

"왜?"

"신기해서요."

"뭐가?"

"방금 말이에요. 초콜릿을 그렇게 진지하게 먹는 사람은 처음 봤어요."

"그랬어?"

"제 거 더 드려요?"

"아, 아니……."

정중히 사양을 했다. 먹을 때는 몰랐지만 배 속은 이미 달콤함이 폭풍을 치고 있었다.

상미는 뭔가를 체크 중이다.

태흥 역시 손짓을 더해 가며 연실 중얼거린다. 불어 연습이다. 베티를 만나면 불어를 쓸 모양이었다.

밀라노.

잠시 생각을 더듬었다. 메이저 향수 회사들의 접촉 건이었다.

Technico flor를 시작으로 모두 세 곳의 연락이 있었다. 강토의 향수를 신제품으로 취급하고 싶다는 제의였다. 좋은 인연을 맺고 싶다고 했다. 스케줄을 주면 한국으로 오겠다기에 밀라노로 오라고 했다. 모글러는 액수까지 흘렸다.

향수 1종 창작에 20만 불이었다.

헤르메스도 밀라노로 오기로 되었다.

그러니까 밀라노는, 패션쇼만 기다리는 게 아니었다.

비행기는 빠르게 그곳을 향해 날아갔다.

*　　　　*　　　　*

"여기가 이탈리아구낭?"

비행기에서 내린 상미가 몸을 떨었다.

"현아 씨는 이탈리아 와 봤죠?"

옆의 현아에게 묻는다.

"네."

"역시… 저는 프랑스밖에 못 가 봤어요."

"저는 이탈리아가 첫 외국인데요?"

태홍이 끼어든다.

"……."

상미가 할 말을 잊는다. 그걸 본 강토가 웃었다. 비교라는
건 정말 끝이 없는 것 같았다.

강토는 일단 이탈리아의 냄새부터 맡았다.

'너도 참 독특하구나.'

프랑스나 영국과는 미묘하게 달랐다. 그 미묘함이 반가웠
다.

입국심사 줄에 서며 준서에게 전화를 걸었다.

"형."

―도착했냐?

"응, 지금 입국심사장."

―피곤하지?

"아니, 지금 미치도록 팔팔함."

―다행이다. 나는 유럽 갈 때마다 파김치가 되었는데……

"초콜릿 결과 궁금하지?"

―응.

"그거 보통 초콜릿 아니었지?"

―…….

"궁금할 테니까 결과만 말한다면 빨간 색깔의 능금 모양 초콜릿, 그게 가장 인상적이었어."

―진짜?

"결과 줬으니까 이제 자수해 봐."

―진짜냐고? 작은 사과 모양 초콜릿?

"그렇다니까."

―와우.

수화기 너머에서 준서의 고함이 들려왔다.

"형."

―그 초콜릿, 세계적인 쇼콜라티에들이 만든 거였다. 하나만 빼고.

"그 하나는 곧 세계적인 쇼콜라티에가 될 사람이 만든 거였군?"

―세계적인 쇼콜라티에가 되려는 희망을 갖고 사는 사람의 거라는 게 맞는 표현이겠지.

"그게 형 작품이지?"

―그래. 진짜 그게 최고였냐?

"아니면? 내가 그거 평가하느라고 얼마나 고생한 줄 알아?"

―고맙다. 실은 그 초콜릿들 '르 살롱 뒤쇼콜라'에 나온 대가들의 초콜릿이었다. 하나만 빼고.

"르 살롱 쉬쇼콜라? 형이 말하던 프랑스 최고의 초콜릿 박람회?"

―그래.

"거기 출품하려고?"

―피곤할 테니까 간단히 말하면 이렇다. 얼마 전에 내 생물학적 아버지라는 가리온스위트의 마 회장님이 찾아왔었다.

'마 회장?'

그 사람이었다. 비서를 시켜 초콜릿을 사던 노신사……

―그동안 나 몰래 내 초콜릿을 많이 사 갔다고 하더라.

"그건 나도 봤어."

―진짜?

"응."

―그런데 왜 말 안 했어?

"형, 내가 사람 냄새는 잘 맡지만 마음까지 다 읽는 건 아니거든?"

—아무튼 혼자 와서 용서를 빌더라. 그때는 내가 태어났는지 몰랐다고. 하지만 알았더라도 어쩔 수 없었을 거라고… 처음에는 쳐다보지도 않았는데 무려 네 번을 더 왔어. 마지막에는 우리 엄마와 함께.

　"……."

　—그날은 공교롭게도 그 사람의 유일한 혈육인 아들의 49제를 마친 날이었어. 마약중독이 되었던 아들이 결국 장기 부전으로 사망하고 말았다네.

　"……?"

　—나 별수 없이 그 사람이 내 생물학적 아버지라는 걸 인정하고 말았다. 잘했냐?

　"형이 내린 판단이면 잘한 거지. 나는 무조건 형 편이니까."

　—짜식, 먼 데서도 사람 울리는 재주가 있네? 고맙다.

　"그래서? 초콜릿은 뭔데?"

　—두 번 더 만나는 사이에 비즈니스 제의를 해 왔어. 요즘 가리온스위트가 고전 중이라 새로운 터닝 포인트가 필요하다네. 그래서 내가 만든 초콜릿들 중에서 몇 가지를 상품으로 내고 싶으니 그 전초전으로 로스앤젤레스 부스를 채워 달라는 거야.

　"로스앤젤레스?"

　—몇 달 후에 초콜릿 페스트라고 유명한 초콜릿 박람회가 있어. 거기서 호평을 얻으면 상품화 계획이 순조롭게 진행될

수 있다고… 하지만 그러자면 초콜릿 페스트 주관자의 사전 심사가 필요하다는 거야. 그래서 너한테 예비 심사를 받은 거야. 만약 네가 내 거 안 뽑으면 NO라고 말하려고.

"형?"

강토 목소리가 튀었다. 열 개의 초콜릿은 막상막하하였다. 만약 준서의 것을 안 뽑았다 해도 그게 퀄리티가 떨어진다는 뜻은 아니기 때문이었다.

"말도 안 돼. 내가 초콜릿 전문가도 아닌데?"

─당연히 너는 초콜릿 전문가가 아니지.

"그런데 왜 그런 도박을 해?"

─네가 초콜릿 전문가는 아니지만 너는 내 행운의 아이콘이니까.

"형……."

─고맙다. 나 빨간 능금을 주력으로 삼아 로스앤젤레스 초콜릿 페스트 도전한다.

"아, 진짜… 그 중요한 걸 왜 이제 말해 주는 거야?"

─너는 나보다 더 중요한 시점에 있으니까. 잘하고 와라.

준서가 먼저 전화를 끊었다.

현아와 상미가 강토를 바라본다. 여자들의 촉이 선 모양이었다.

"준서 형, 아버지랑 합작하는 모양이야. 로스앤젤레스 초콜릿 페스트 부스 진출한다고……."

"진짜?"

상미 목소리도 튀었다.

"진도 많이 나갔는데요?"

현아 표정도 밝아진다.

그사이에 강토 차례가 되었다. 입국심사는 오래 걸리지 않았다.

수하물 코너에서는 여유를 부렸다. 강토의 후각 때문이었다. 짐은 아직 나오지 않았다. 그러니 다른 사람들처럼 서성거리지 않았다.

가방을 끌고 입국장으로 향했다. 열린 문 사이로 이탈리아의 모습이 드러나기 시작했다. 그리고… 강토 눈에 선명한 단한 사람 메리언… 보는 것만으로도 심박동에 변화를 주는 그사람이 눈에 꽂혀 왔다.

하지만.

그 설렘은 베티의 함성으로 일시 정지 되었다.

"베티."

그래도 태홍이 먼저였다. 목표는 베티다. 베티는 태홍의 기대를 살짝 빗나가 버렸다. 블레이드 러너를 신은 채 경중경중 날아온 베티, 강토의 목을 잡고 미친 듯이 매달린 것이다.

"닥터 시그니처, 유럽에 오신 걸 환영합니다."

베티의 키스가 강토 이마에 찍혔다.

"베티……."

"그리고 이건, 지난번에 파리에 왔다가 저를 안 보고 간 응징이에요."

쪽.

두 번째 키스는 강토의 볼에 찍혔다.

"나도 응징받고 싶은데?"

살짝 뻘쭘해진 태홍이 얼굴을 붉힌다. 베티는 그 기대를 저버리지 않았다. 강토를 놓고 돌아서더니 그제야 태홍에게 손등을 내밀었다.

"키스하라는 거야."

현아의 팁이 날아갔다.

쪽.

태홍이 베티의 손등에 키스를 날린다.

"메흐씨."

고마워. 베티가 태홍의 이마에 답례 키스를 찍자 태홍은 그만 얼어붙어 버리고 말았다.

"여자의 뽀뽀, 처음이구나?"

상미가 그 귀에 대고 속삭였다. 태홍의 볼은 장미 꽃잎보다 붉게 변해 버렸다.

"닥터 시그니처."

그제야 메리언이 강토를 허그했다. 그녀의 냄새가 심장을 격하게 치고 들어왔다.

그런데.

그녀를 느끼는 잠시 동안 일행들이 시야에서 사라져 버렸
다.

"저기……."

강토가 출입문 쪽에 대고 외쳤다. 그 앞에 선 베티가 손을
모아 화답했다.

"두 분 방해하지 않으려고요. 우리는 차에 가 있을게요."

러블리 베티.

당돌한 배려에 메리언도 웃을 수밖에 없었다.

"타세요."

메리언이 권한 차는 노란 방개차였다. 강토만 이 차에 올랐
다.

"보세요."

시내로 접어들자 메리언이 건물을 가리켰다.

「패션—르네상스에서 우주로」
「디자인 by 헤이든, 메리언, 닥터 시그니처」

패션쇼의 홍보물들이 보였다. 한두 곳이 아니었다.

앞서 달리던 차량에서도 환호가 나왔다.

"실장님, 선생님 이름이 있어요."

태홍이 고개를 빼 들고 소리쳤다.

찰칵.

상미의 카메라가 불을 뿜었다. 세계적인 디자이너들과 이름을 나란히 한 강토. 비행의 피로를 몰아내는 장면이 아닐 수 없었다.

두 대의 차량은 두오모 박물관 앞에서 멈췄다. 광장 뒤로 보이는 두오모 대성당은 기가 막혔다. 웅장한 고딕 양식부터 클래스가 다른 것이다. 패션쇼가 열릴 박물관은 성당 정면으로 오른쪽에 있었다.

거기 헤이든이 있었다.

"닥터 시그니처."

그가 두 팔을 벌렸다. 기꺼이 그의 허그를 수락했다.

"닥터 시그니처가 도착하니 비로소 패션쇼가 박두했음을 알겠습니다."

"많은 도움 드리지 못해 죄송합니다."

"프로는 각자의 일을 할 뿐입니다. 당신은 멋진 향수를 만든 것으로 충분해요."

"이해해 주시니 감사합니다."

"일단 무대부터 보시죠. 그런 다음 푹 쉬고 내일부터 시작합시다. 모델도 보시고 협찬사 관계자들과 패션 전문가들, 기자들도 만나야 하니 눈코 뜰 새 없을 겁니다. 아, 참고로 말하는데 보그의 사령관 레이첼도 올 겁니다."

"예."

헤이든이 성큼성큼 걸었다. 박물관은 인상적이었다. 조각들과 스테인드글라스가 그랬다. 쇼 스테이지는 특별하게 설치하지 않았다. 공간을 활용하는 것이다. 박물관의 유품들도 자연스러운 배경이 되었다.

"이번 발표회는 기존의 패션쇼와 완전하게 다른 쇼입니다. 우리는 모델과 스테이지, 관객을 구분하지 않고 움직일 겁니다. 당신의 향수가 자연스럽게 호흡 속으로 들어가듯 관객들과 함께할 계획입니다. 손을 대는 건 단 하나, 부분 부분 설치되는 조명과 카메라뿐입니다."

헤이든이 동선 구상을 보여 준다. 광장에서 대단원을 이루는 여정이었다.

"어떻습니까?"

"유물, 관객과 함께 숨 쉬는 패션쇼, 엄청난 발상의 전환이네요."

"당신의 향수를 믿고 가는 겁니다."

"실망시켜 드리지 않기를 바랍니다."

"우리도 똑같이 기도하고 있습니다. 그럼 일단 푹 쉬시고 내일……."

헤이든은 오래 끌지 않았다. 일에 관한 한 맺고 끊는 게 확실한 사람이었다.

현아와 베티, 태홍도 현장 파악을 끝냈다. 그 안내는 메리언이 책임을 졌다.

호텔에 짐을 풀고 옥상에 차려진 호텔 레스토랑의 요리 테이블로 출동을 했다.

"건배."

잔이 깨질 듯 부딪혔다. 강토와 메리언, 현아는 와인이었고 태홍과 베티는 무알코올 스파클링이었다.

"선물."

태홍이 베티에게 향수를 안겼다.

"좀비 향수?"

베티가 반색을 했다.

"웅."

"와아, 고맙습니다. 닥터 시그니처."

베티의 키스가 또 한 번 강토 이마에 도장을 찍었다.

"뭐래? 그 향수는 내가 얻은 건데?"

태홍의 볼멘소리는 불어였다. 강토가 들어도 많이 늘었다. 얼마나 노력했는지 알 것 같았다.

그날 밤, 강토는 메리언의 침실에서 잠들었다. 방은 이미 따로 있었지만 오래 이야기를 나누다 보니 그렇게 되었다. 오랫동안 떨어져 있었던 탓인지 사랑도 오래 나누었다.

사랑의 향은.

조금 묵혔다 말을수록 깊어진다. 강토조차도 만들어 낼 수 없는 사랑의 향. 영혼과 심금을 흠뻑 적시는 향 속에서 밀라노의 아침을 맞았다.

'웅?'

메리언이 눈을 떴을 때 장미가 보였다. 그걸 내밀고 있는 사람은 강토였다.

"닥터 시그니처?"

"두오모 박물관 근처에 레오나르도 다빈치 박물관이 있잖아요? 가서 영감 좀 받고 왔어요."

"맙소사, 당신은 정말……."

메리언이 강토 품에 안겼다. 장미 향보다 아찔한 품을 참을 수 없었다. 강토와 메리언은 다시 완전 합체를 이루었다. 아침 햇살과 함께 지상에서 가장 아름다운 노트의 향수가 쏟아져 나왔다.

제7장

—

패션 위의 향수

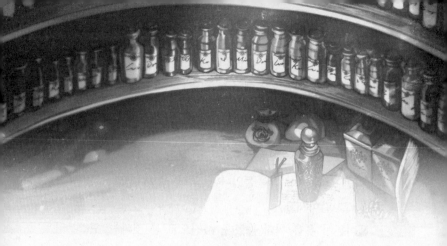

"어서 와요."

헤이든이 강토를 반겼다. 밀라노에 마련한 임시 사무실이었다. 그의 테이블에는 강토가 보내 준 향수들이 가지런했다.

"당신이 이 향수를 보낸 후로는 향을 음미하는 것으로 아침을 시작하지요."

헤이든이 향수를 들어 보였다. 우주 향수2였다.

"그래, 피로는 좀 풀렸습니까?"

"덕분에요."

"메리언, 눈치를 보니 브리핑은 다 한 것 같은데?"

헤이든이 메리언을 바라보았다.

"아뇨. 우린 데이트만 했어요."

"그럼 다행이군. 들은 거 또 듣는 건 고역이라지."

헤이든이 옷장을 열었다. 안에는 눈부신 의상들이 가득했다.

"이번 쇼의 의상 작품들입니다. 닥터 시그니처도 실물을 봐야 할 것 같아서요."

헤이든이 옷을 꺼내 들었다. 사진으로 본 것과는 포스부터 다르다. 첫 의상은 우주인 복장의 느낌이었다. 다음으로 르네상스 시대의 옷이 나오고 현대와 AI 복장이 나왔다.

―패션쇼는 전위적이다.

강토는 더러 그런 생각이 들었었다. 하지만 헤이든과 메리언의 '작품'을 보는 순간 작은 선입견마저 사라졌다.

―패션은 또 하나의 피부다.

그런 생각이 든 것이다.

"이 의상에는 내 30년 디자인의 땀이 녹아 있어요. 많은 사람들이 호평을 해 주었죠."

헤이든이 잠시 회상에 잠긴다. 강토는 가만히 귀를 기울였다.

"그런데 여기다 당신의 향수를 뿌렸더니 뭐라고 하는 줄 아십니까?"

"……"

"날개가 생겼다는 거예요. 천사의 의상이었지만 날개는 없었던 내 패션 세계, 거기에 날개가 생겼다니… 맙소사, 메리언이 아니었으면 나는 이런 기회를 얻지 못했을 겁니다."

"선생님."

메리언이 헤이든의 폭주를 막아선다.

"나 지금 닥터 시그니처에게 아부하는 게 아니야. 내가 한 말이 아니고 패션 평론가들이 한 말이니까."

헤이든은 강토를 돌아보며 말을 이었다.

"의상은 말입니다. 시각적이에요. 게다가 오래전의 자료도 남아 있죠. 때로는 유물로도 나오고요. 하지만 향수는… 그런 게 없잖습니까? 르네상스 시대의 냄새가 나왔다? 나 그런 말은 들은 적이 없거든요. 그런데 당신은… 내가 이 향수를 받아 들고 얼마나 살을 떨었는지……."

"……"

"그래서 디자인을 네 번이나 수정했습니다. 솔직히 말하면 이건 내 패션 인생에 있어 처음 있는 일입니다."

"제가 수고를 끼쳐 드렸군요."

"대환영을 해야 하는 수고죠. 좋은 예술가가 되려면 이런 계기가 필요하거든요. 패션 인생을 총정리하려던 패션쇼가 새로운 도전으로 바뀐 겁니다. 정말이지 강력한 감성 충격이었어요."

"감사합니다."

"내 모델들도 다들 들떠 있습니다. 의상만 입은 것과 당신의 향수를 뿌리고 입은 건 기분이 아주 다르다고 했어요."

"네……."

"메리언, 내 할 말은 끝, 이제 메리언 차례야."

헤이든이 발언권을 넘겼다.

"제가 할 말을 선생님이 다 하셨어요. 그러니 저도 고맙네요."

"우주 향기 이야기가 남았잖아?"

"어머, 내 정신."

헤이든의 말에 메리언이 반응했다.

"쯧, 저렇다니까……."

"죄송해요. 저도 스테이지로 마음이 가 있어서 말이죠."

"알았으면 설명."

"네, 선생님."

메리언은 상냥하게 고개를 숙였다. 그런 다음 강토에게 다가와 귀엣말을 건넸다. 우주 향수에 대한 두 사람의 의견이었다.

"와아, 생각만 해도 멋진데요?"

강토 표정이 환하게 펴졌다.

"그렇죠? 선생님과 제가 여러 날을 고민한 결과예요."

"그렇게 하면 굉장히 인상적일 것 같네요. 벌써부터 눈에 선해요."

"자, 그럼 이제 연습장으로 가 볼까요?"

헤이든이 수화기를 들자 두 여직원이 들어왔다. 둘은 카트 가득 의상을 싣고 나갔다.

"메리언의 모델들도 도착했지?"

"그럼요. 선생님의 모델들과 이야기 나누고 있을 거예요."

"전문가들과 기자들이 많이 왔을 겁니다. 향수에 대한 질문이 많이 나올 테니 미리 마음의 준비를 하세요."

헤이든이 주의를 환기시켰다.

"……!"

복도로 나오자 낯익은 체취가 느껴졌다. 한 사람이 아니었다.

"들어가시죠."

헤이든이 입구를 가리켰다. 안으로 들어서자.

"닥터 시그니처."

반색하는 주인공은 이사벨이었다. 보그에서 처음 만났던 그녀……

"안녕하셨어요?"

발음 좋은 영어가 계속 이어진다. 이번에는 애니였다. 이사벨의 부하 직원이다. 그들 뒤로 또 다른 보그 진용이 보였다. 편집장 레이첼과 패션 디렉터 헬렌이었다.

"나보다도 우리 직원들에게 인기가 좋으시네요?"

레이첼이 악수를 청해 왔다.

"여러분, 제가 말하던 코리아의 뉴 리더 닥터 시그니처입니다."

그녀가 안에 있던 내빈들에게 강토를 소개했다.

"안녕하세요?"

모두가 손을 흔든다. 강토 역시 정중하게 예의를 갖추었다. 메리언이 나서서 한 사람, 한 사람을 소개한다. 후원사와 글로벌 패션 기업의 대표들을 필두로 의류 전문가들과 기자들, 모델 에이전트 대표들이 즐비해 정신이 없을 정도였다.

그중에는.

드라고코의 토미도 있었다.

"질문해도 됩니까?"

기자들은 강토가 숨 고를 시간도 주지 않았다.

"선생님?"

메리언이 헤이든의 의향을 물었다. 헤이든은 흔쾌히 수락을 했다.

"영어 가능합니까?"

한 기자가 묻자.

"영어는 물론이고 불어에서 이탈리아어까지 가능하십니다."

메리언이 대신 답했다.

"와우."

내빈들 사이에서 탄성이 흘러나왔다.

"패션쇼 참가는 처음이라고 들었습니다."

질문이 쏟아지기 시작했다.

"그렇습니다."

"그런데도 세계적으로 명성이 높은 헤이든의 패션쇼에 퍼퓸 디자이너로 이름을 올렸습니다. 그렇다면 당신의 향수도 의상과 같은 역할을 수행한다는 뜻입니까?"

따끔한 질문이 나왔다. 그것은 곧 강토와 헤이든이 같은 반열이냐는 질문의 우회이기도 했다. 즉답이 곤란하니 헤이든을 돌아보았다. 다행히 헤이든이 나서 주었다.

"제가 정리하는데……."

기자들의 이목을 끈 헤이든이 마무리를 던졌다.

"닥터 시그니처는 쇼의 양념이 아니라 독립된 의상으로 참가하는 겁니다. 마를린 먼로가 입고 잔다는 그 의상처럼 말이죠."

"우."

기자들이 수군거린다. 소스를 받고 왔지만 파격이 아닐 수 없었다. 조 말론이나 장 끌로드 엘레나라면 몰라도 강토는 신예이기 때문이었다.

"그렇다면 닥처 시그니처."

다시 질문의 끝이 강토를 겨눈다.

"예."

"당신 향수에 대해 소개해 주시겠습니까? 롤스로이스의 신모델에 당신 향수가 장착되었다는 말은 들었지만 유럽의 백화점에서는 당신 향수가 보이지 않았습니다."

"맞습니다. 백화점에서는 제 향수를 찾을 수 없을 겁니다. 저는 주로 시그니처와 니치 향수를 만들어 왔고 코리아의 향수 회사를 통해 판매하고 향수는 이제 본 궤도에 오르기 시작했으니까요."

"그렇다면 이번 패션쇼에 참가하는 향수는 어떤 테마입니까?"

"이번 향수의 테마는 헤이든과 메리언의 주제와 맥락을 같이합니다. 그러니까 향수를 따로 떼지 마시고 동일 선상에서 보시면 될 것 같습니다."

"패션쇼가 네 개의 섹션으로 연출된다는 건 알고 있습니다. 르네상스와 현대, AI와 우주 말입니다. 패션으로는 상상이 가능한데 향수로는 도저히 그려지지 않습니다. 시청자와 독자들, 그리고 팬들의 이해를 돕기 위한 공개를 부탁드립니다."

질문이 날카로워진다.

강토가 돌아보자 헤이든이 끄덕 고개를 숙여 보인다. 재량 껏 답하라는 신호였다.

"그러시다면 네 분만 신청을 받습니다."

강토가 말하기 무섭게 기자들의 손이 올라갔다. 눈치 빠른 메리언이 네 명을 지정했다.

치잇.

강토가 샘플 향수를 꺼내 들었다. 내빈들의 이목이 집중된다.

스읏.

블로터에 향수를 뿌렸다. 그런 다음 기자들에게 하나씩 나누어 주었다. 기자들 순서대로 르네상스와 현대, AI와 우주 향수1이었다.

"오오……."

"으응?"

기자들의 반응은 다양하게 나왔다. 그들에게 공통되는 한 가지는 경외감이었다. 가만히 집중하자 향수가 그 분위기 속으로 데려간 것이다.

"굉장한데요? 이 향수는 마치 궁정 속에 서 있는 것 같아요."

"이 향수도 그래요. 인공이 절정을 이룬 AI들의 첨단 시대… 그런 분위기가 느껴져요."

기자들이 웅성거렸다. 블로터는 다음 손으로 넘어갔다. 내빈들까지도 자연스럽게 향을 음미하게 한 것이다.

"지금 시향 한 향수가 패션쇼에 사용될 것들입니다. 딱 한 가지가 남았는데 그건 극적 효과를 위해 공개하지 않습니다."

"한 가지가 남았다고요? 테마는 네 가지, 향수도 네 가지, 다 나온 거 아닙니까?"

"그건 패션쇼 당일에 아실 수 있을 겁니다."

강토가 매조지를 했다.

회견이 끝나자 토미가 다가왔다.

그는 흡족한 미소로 악수를 청했다. 그 손을 잡자 꼭 한마디만을 남긴다.

"기대가 큽니다."

"자, 그럼 이쯤 하고 모델들을 만나 볼까요?"

헤이든이 강토를 불렀다.

"나 잘한 건가요?"

메리언과 걸으며 강토가 물었다.

"매우, 몹시 잘했어요."

메리언은 윙크로 답했다.

다른 문이 열리자 커다란 실내가 나왔다. 그러나 안은 텅비어 있었다. 물론 그건 다른 사람들 기준이었다. 강토는 알았다. 묵직한 벨벳 커튼 뒤로 가득한 체취들. 거기에는 현아와 베티, 태홍의 것도 있었다.

"시작하지?"

헤이든이 메리언에게 사인을 주었다.

메리언이 허공에 손가락을 튕기자.

과라과꽝.

장중한 음악과 함께 커튼이 올라갔다.

"와우."

내빈들의 탄성이 나왔다. 메리언의 모델과 헤이든의 메인모델들이 피팅을 끝내고 등장한 것이다. 모델 수는 모두 여덟명, 어스름 같던 조명이 금속광택처럼 밝아지나 싶더니 장중한 음악이 후련하게 터져 나왔다. 실제 런웨이에서 쓰일 음악이었다.

태홍과 베티가 스타트를 끊었다. 르네상스 의상을 입었다. 품이 길어 다리를 가렸다. 베티의 의상은 드레스였고 태홍은 긴 로브 형식이었다.

생기발랄한 두 모델이 다가와 유연하게 턴을 했다. 베티는 그 와중에도 강토에게 윙크를 날린다. 그쯤에 현아와 그녀의 짝 로간이 워킹을 시작했다. 둘 역시 르네상스 의상이었다.

메리언 팀의 차례가 끝나자 헤이든의 모델들이 나선다.

"……?"

강토 촉각이 곤두섰다.

헤이든의 모델들은 메리언과 반대였다. 모두 여자였지만 모두 60대 이상이었다. 심지어 나중에 나온 두 여자는 70대 초반으로 보였다.

"역시 헤이든……."

뒷줄에서 중얼거리는 소리가 들렸다.

60-70대의 여인들.

나중에 알았지만 약 30-40여 년 전에 패션계를 주름잡았던 빅 스타들이었다. 얼굴에는 주름살이 가득하지만 그녀들의 워킹에는 관록과 품격이 묻어났다. 몸의 움직임이 의상, 음악과 하나가 되는 것이다.

짝짝짝.

박수가 터져 나왔다. 강토도 동참을 했다. 할아버지 생각이
났다. 다시 제2의 전성기를 사는 할아버지. 그 이미지가 노련
한 모델들에게 겹쳤다.

현대는 건너뛰고 AI 의상으로 옮겨 갔다. 여기서도 태홍과
베티의 다리는 드러나지 않았다. 투명하고 둥근 모양의 볼륨
으로 다리를 가렸으니 보이는 건 실루엣뿐이었다.

AI 의상은 노모델들에게도 잘 어울렸다. 전체적으로 메리언
의 것은 힘이 넘치고 헤이든의 것은 격조가 높고 고상했다. 의
상에서 모델 선정까지. 임시 무대는 기막힌 앙상블 속에서 분
위기를 띄웠다.

"향수는요?"

미몽에서 깨어난 기자들이 질문을 퍼부었다.

"향수는 최종 리허설에서부터 공개됩니다. 그때까지는 아까
받은 블로터로 상상해 주세요."

헤이든의 답이었다.

내빈들은 애가 타지만 더 묻지 못했다. 오늘은 말 그대로
패션쇼의 얼개를 보여 주는 날이었다. 본무대가 아닌 것이다.

하지만.

완전히 그렇지는 않았다.

임시 무대가 끝나고 내빈들이 돌아가자 보안 조치가 강화
되었다. 그런 후에 모델들에게만 향수가 공개되었다. 모델들은
향을 알아야 하기 때문이었다.

모델들은 네 번의 향수 세례를 받았다. 그때마다 향수에 해당되는 옷으로 교체되었다. 강토도 호흡을 같이했다. 주제에 따라 옷의 소재가 바뀐다. AI에서는 얇은 금속 재질이 나왔고 우주 패션에서는 실제 우주인들의 우주복 소재도 나온 까닭이었다. 거기에 맞는 지속력과 발향력은 이미 계산을 마친 뒤였다.

스슷.

향수 세팅 역시 강토가 직접 담당했다.

"향수를 뿌리고 나니 패션에 대한 이해도가 높아지는 것 같아요. 맨얼굴에 화장을 마치는 기분이랄까요?"

노모델들은 비유조차 노련했다.

"자, 그럼 마무리로 들어갈까요?"

헤이든이 손뼉 한 번으로 분위기를 정리했다.

"궁금하죠?"

메리언에 강토를 바라본다.

"그런데요?"

강토가 답했다. 우주 향수1이다. 내빈들 앞에서도 공개하지 않았던 비장의 무기. 헤이든과 메리언은 과연 어떤 승부수를 마련했을까?

강토도 우주 향수1을 집어 들었다.

화약과 불타는 금속에 황화수소와 시안화수소 냄새를 기본으로 만든 우주 향수1.

메리언과 헤이든은 과연 어떤 의상으로 승화시켰을까?

딸깍.

마침내 모델들이 걸어 나올 탈의실 문이 열렸다.

＊　　　　＊　　　　＊

「패션―르네상스에서 우주로」

「디자인 by 헤이든, 메리언, 닥터 시그너처」

두오모 박물관에 걸린 홍보 그림이었다. 한쪽 벽면을 다 차지할 정도로 거대했다. 며칠 전부터 보도진의 방송 소개도 많아졌다. 유튜버들도 몰렸고 현아의 기획사도 이 앞에서 현아의 컷을 담아 갔다. 물론 헤이든, 메리언, 강토와 함께였다.

놀라운 것은 CNN과 BBC 방송 팀까지 출격했다는 사실이었다. 헤이든의 명성 때문이었겠지만 강토의 향수에도 사전 자료 요청이 줄을 지었다.

CNN, BBC?

옴마야.

상미는 한동안 넋을 놓았다.

"자, 최종 마무리 갑니다."

메리언이 기치를 올렸다. 오늘은 박물관 안이었다. 폐관 직후에 최종 리허설을 벌일 예정이었다. 그렇기에 오늘은 거의 실전 같은 분위기였다.

"대표님, 점검 끝났습니다."

상미가 강토에게 보고를 했다. 향수 때문이었다. 향수는 런 웨이가 되는 통로의 송풍기에 장착을 했다. 나머지는 광장이 다. 피날레가 광장이기 때문인데 여기는 향수량이 많이 필요 했다. 런웨이에서는 섹션이 바뀔 때마다 향수가 바뀌어 나와 야 한다. 이전의 잔향도 최대한 없애야 한다. 때문에 오존이 필요했고 환풍도 필요했다.

주최 측에서 알선해 준 전문가들의 도움을 받았다. 총관리 는 상미가 맡았다.

상미만 바쁜 것은 아니었다. 무대 팀은 더 분주했다. 사전 답사를 하고 계획을 짰다지만 시간이 많지 않았다. 더구나 박 물관의 전시 공간은 노 터치 조건이었다.

트러스 작업부터 고난도였다. 영상 팀과 조명 팀에 이어 음 향 팀이 동분서주를 한다. 코너나 통로 등에 대형 화면도 설 치한다. 박물관 구조 때문이다. 코너가 여러 곳이라 다른 런 웨이처럼 모델들의 워킹이 한눈에 보이지 않는 것이다.

장비들이 자리를 잡을 때마다 박물관은 독특한 런웨이 무 대로 새로 태어나고 있었다.

"가자."

향수 분사 상태를 확인한 강토가 임시 대기실로 향했다. 모 델들은 이미 리허설 출격을 마친 후였다.

"베티, 기분 어때?"

향수를 꺼내며 강토가 물었다.

"최고예요."

"태홍이는?"

"좀 떨리는데요?"

"베티가 있는데도?"

"그래서 더 떨리는 거 같아요."

태홍이 웃었다.

"으음, 쟤 확실히 베티한테 꽂혔어. 연습 끝나고 시간만 나면 둘이 붙어 지낸다니까."

옆의 상미가 괜한 질투를 했다.

"향수는 일러 준 대로 뿌렸지?"

"넵."

베티와 태홍이 동시에 대답한다. 현아와 로간도 눈빛으로 신호를 보내왔다.

향은 강토가 진두지휘하고 있었다. 체취와 피부의 건조도에 따라 가감을 해 주었다. 헤이든의 노모델들에게는 유분을 사용한 후에 뿌리도록 했다. 런웨이에서의 시간은 모두가 같았다. 그렇기에 디테일한 조율로 향의 농도를 맞춘 것이다.

의상에 대한 분사도 강토와 상미가 직접 맡았다. 농도 역시 박물관의 통로를 계산에 넣었다. 너무 진하지도 너무 약하지 않은 향의 농도. 중간중간 내빈, 관객들과 어울리는 장면이 있으므로 그것 역시 조율이 필요했다.

스슷슷.

치잇.

스프레이가 발사된다. 나풀거리는 레이스나 포인트 띠 같은 것에 악센트를 주었다. 전면은 진하고 후면은 조금 약하게. 의상의 끝자락에도 특별한 포인트. 이건 터닝을 할 때 매력을 배가시키기 위한 포석이었다. 네 가지 테마의 의상이 다 특징적이었으므로 긴장을 놓지 않았다.

"베티, 태홍, 레디?"

메리언의 신호가 들려왔다.

"옛썰."

이번에도 둘의 대답은 동시였다.

마침내 마무리 리허설이 시작되었다. 베티와 태홍이 스타트를 끊었다.

시작은 두오모 성당 모형 앞이었다. 통로를 따라 베티와 태홍이 접어든다. 그때쯤 현아와 로간도 출발한다. 이때 틴토레토의 대형 그림 근처의 송풍기에서 향수가 분사된다. 그 향을 헤치며 베티와 태홍이 그림 앞에 도착한다. 대형 그림 앞에서 포즈를 취한다. 현아와 로간이 다가와 뒤에서 포즈를 잡는다. 그때쯤 헤이든의 노모델들이 출격한다.

곳곳에 포진된 기사들의 카메라가 불꽃을 뿜었다.

다만.

피날레에 대한 것만은 대기실 안에서 완전 보안 상태로 진행했다.

마무리 리허설은 순조롭게 진행되었고 향수 역시 아무런 문제가 없었다.

리허설이 끝나자 기자들의 질문 공세가 이어졌다. 노모델들에 대한 인터뷰도 많았지만 베티와 태홍의 인기가 만점이었다. 기자들은 이제 알고 있었다. 당돌한 두 모델들은 다리가 없다는 사실.

태홍의 인터뷰 실력은 제법이었다. 떨지도 않았고 버벅거리지도 않았다. 베티는 말할 것도 없었다.

현아 역시 많은 관심을 받았다. 이목구비 또렷한 동양의 미녀, 게다가 불어와 영어에 능통한 장점도 있었다.

"태홍이 인기 좋다?"

강토가 슬쩍 추켜세운다.

"선생님만 하겠어요?"

"이러다 유럽 모델계에 스카우트되는 거 아니야?"

"그렇잖아도 그것도 물어보더라고요."

"뭐라고 답했는데?"

"제 꿈은 조향사라고 했어요. 닥터 시그니처의 수제자가 되는 것."

"왜? 모델도 좋은 거 같은데?"

"모델은 알바로 하면 되죠."

태홍이 잘라 버린다. 이렇게 나오면 강토도 할 말이 없었다.

리허설을 정리할 때 반가운 전화가 들어왔다. 스타니슬라스였다. 한국에서 출발하기 전에 이메일을 보냈으니 강토 스케줄을 알고 있었다.

—한참 바쁘겠군?

"박사님, 방금 마지막 리허설 끝났습니다."

—나는 내일 쇼장에서나 볼 것 같네. 메디치 부사장도 그럴 예정이라는 메일을 받았네.

"시간 내 주셔서 감사합니다."

—엊그제 그라스 행사에서 알프레도 박사를 만났네. 자네가 푸제아 로얄을 가져온다는 말을 슬쩍 건넸더니 후끈 달아오르더라고.

"네……."

—패션 디자이너와 향수 디자이너의 조인트라… 눈과 코가 동시에 호강을 하겠군.

"향수는 몰라도 의상은 정말 기가 막힙니다. 아마 만족하실 겁니다."

—나야 패션보다 향수 쪽이지. 오늘은 푹 쉬게. 내일 보자고.

"네, 박사님."

통화 후 다들 임시 대기실에 모였다. 최종 점검이었다. 그중에는 모델들의 몸매에 관한 것도 있었다. 철두철미하게 관리하지만 자고 나면 살이 찌는 체질도 있다. 그렇기에 이틀 전부터 물만 마시며 분투한다는 고백이었다. 살이 찌면 의상을 교정해야 하는 불상사가 생기는 것이다.

"나는 잠 때문에 미치잖아?"

노모델의 한 사람인 카레리나도 애로 사항을 고백했다.

그녀는 이탈리아로 온 후로 수면장애에 시달리고 있었다. 나이에 더불어 시차가 가져온 생리학적 불균형이었다. 곤란한 점은 잠을 푹 자지 못하면 몸이 붓는다는 것.

모델은 이래저래 애로가 많은 직업이었다.

"닥터 시그니처."

대화 중에 노모델 하나가 강토에게 말을 붙여 왔다.

"말씀하시죠."

"리허설하는 내내 향수에 반했어요. 르네상스에서 우주 향수까지라… 그래서 묻는 말인데……. 내일 우리 손주들이 오거든요."

"네……."

"혹시 젊어 보이는 마법의 향수 같은 건 없나요? 나보고 너무 할머니 같다고 하는데 내일 하루만이라도 멋지게 보이고 싶어서요."

"과거에는 영생하는 향수도 있었다는데 그런 게 없을 리 없죠."

"그걸로 제 얼굴을 과거로 돌려 줄 수 있어요?"

"몇 년 정도는 가능합니다."

"진짜 그래요?"

이번에는 거의 모든 여자들이 관심을 보였다.

"다들 피곤하실 텐데 잠깐 향수 마술 타임을 갖도록 하죠. 대신 모델이 필요합니다."

"제가 할게요."

강토에게 질문을 날린 노모델이 자원을 했다.

"사람들이 보편적으로 좋아하는 라벤더 중심의 향입니다."

치잇.

강토가 향수를 뿌렸다.

"베티, 너도 좀 도와줄래?"

"뭐든지 오케이예요."

밖으로 나간 베티가 여대생 알바 세 명을 데려왔다. 질문은 간단했다.

"내일 여기서 패션쇼를 하실 모델이셔. 나이가 몇 살로 보여?"

"음, 70살?"

"저는 69살요."

"나는 71."

세 학생의 평균 답은 70세였다.

"잠깐만……."

알바들은 그냥 두고 노모델과 함께 일어섰다. 강토는 잠시

후에 모델과 함께 돌아왔다. 모델에게서는 다른 향수 냄새가
풍겼다.

"다시 한번만 봐 줄래?"

강토가 노모델을 가리켰다.

"음… 그러고 보니 65세?"

"저는 66살요."

"다시 보니 63—64세?"

이번에 나온 평균은 65세였다.

"……?"

지켜보던 사람들의 눈이 휘둥그레졌다. 메이크업을 바꾼 것
도 아니었다. 의상을 갈아입은 것도 아니었다. 강토가 한 건
샤워 후에 새로운 향수를 뿌려 준 것뿐. 그런데 생면부지의
여대생들은 나이를 다르게 읽어 냈다.

"자몽 향 같은데 어떻게 된 거예요?"

메리언도 궁금한 표정이었다.

"자몽 향 맞아요."

치잇, 치잇.

강토가 향수를 더 뿌렸다. 이제는 모두가 느낄 수 있었다.

"자몽 향은 여자의 나이를 젊어 보이게 합니다. 이게 핑크
자몽인데 남자들에게는 더욱 어필할 수 있죠."

"어쩜……."

노모델들이 고무되었다. 테스트에 참가한 모델의 경우에는

다섯 살까지 어려 보인 것이다.

"손주들에게 젊고 활기차게 보이고 싶으시다니 보너스까지 다 드리죠."

강토가 또 다른 향수를 꺼내 들었다.

치잇.

이번에는 망고 향이었다. 자몽 향수 위에 망고 향수를 뿌려 레이어링을 했다.

"망고를 뿌려 주면 자몽 향이 더 풍성해집니다. 자몽 향만 뿌렸을 때보다 한두 살 더 다운되는 효과가 날 거예요."

"어쩜, 잘하면 열 살 정도 어려 보이는 거네?"

"그렇죠."

"원더풀."

노모델이 반색을 했다.

"하지만 쇼가 다 끝나고 샤워를 한 다음에 사용하시기 바랍니다. 그렇지 않으면 다른 향 때문에 효과가 안 날 수도 있거든요."

"걱정 말아요. 내가 약속 하나는 칼처럼 지키니까."

노모델이 향수 샘플을 받아 들었다. 기대감에 가득 찬 모습을 보니 강토 마음도 뿌듯해졌다.

*　　　　*　　　　*

똑똑.

노크와 함께 상미가 들어왔다. 강토의 객실이었다.

"어때?"

강토가 먼저 물었다.

"꿈만 같아. 내가 이런 자리에 있을 수 있다니……."

"배 실장이 어때서?"

"그래도… 스타니슬라스 박사님은 내일 오신다고?"

"그러신다네."

"와아, 얼마 만에 뵙는 거야?"

"그렇게 좋냐?"

"그럼. 내가 대표님이랑 있을 수 있는 건 박사님 영향이 절반이거든. 기막힌 예언을 하셨잖아?"

"모글러와 헤르메스 사람들은?"

"아까 연락 왔는데 내일 패션쇼장으로 오겠대. 자기들도 네 가지 향수가 궁금하다고……."

"정확히는 다섯 가지지."

"계약할 거야?"

"글쎄, 배 실장 생각은?"

"내 생각이 중요해? 우린 대표님이 리드하는 대로 좇아갈 거야."

"아니, 중요해. 우리가 하루 이틀 얼굴 보고 말 것도 아니잖아? 권 실장하고도 얘기해 봤지?"

"다인이는… 한 군데 정도는 했으면 하는 눈치야. 대표님
인지도도 높일 겸."

"좋아. 그럼 하나 정도 딜 받아서 가의도에 남은 땅 다 사
버릴까? 꽃 농장도 넓히고 고생하는 권 실장 최신 추출장도
더 지어 주고."

"좋지."

"오케이. 내일 저쪽에서 나오는 거 보고 결정하자. 일단은
패션쇼가 우선이니까."

"아, 오늘 밤 잠이 올까 모르겠다."

상미가 강토 방을 나갔다.

메리언이 돌아왔다. 굉장한 소식도 가져왔다.

"내일 쇼장에 귀빈 한 분이 더 추가될 것 같아요."

그녀는 살짝 들떠 있었다.

"누군데 메리언이 이토록 고무되었을까요?"

"내일 보세요. 좋은 소식이니 아껴 두고 싶거든요."

"그러죠."

"그럼 내일을 위해."

그녀가 만든 칵테일로 딱 한 모금.

사랑도 딱 한 모금.

그렇게 메리언을 안고 잠이 들었다.

아침.

그 내일이 다가왔다.

두오모 성당 앞의 광장은 초만원이었다. 길이 뚫리지 않아 행사 진행 직원들의 도움을 받아야 했다. 입구에 와 있던 레이첼과 이사벨 등이 엄지를 세워 보였다. 방송국 카메라 점검과 함께 상미의 향수 점검도 끝났다. 특별한 런웨이부터 광장까지.

관계자들과 관람객들의 입장이 시작되었다. 그들의 질서 유지는 행사 진행 요원들이 맡았다. 관람객들은 잘 협조해 주었지만 인파가 너무 많았다. 입장하지 못하는 사람들은 광장으로 안내했다. 피날레가 열리는 곳이었다.

"메리언, 닥터 시그니처."

곧이어 헤이든이 도착했다. 그의 노모델들도 차량에서 내렸다.

"드디어 시작이네요?"

조금 전까지만 해도 담담하던 태홍, 그새 잔뜩 상기되었다.

현아도 크게 다르지 않았다. 현아를 위해 날아온 한국의 패션 방송 카메라는 거의 24시간 동안 현아를 따라다녔다. 그녀 역시 패션쇼는 처음이었다. 게다가 세계 톱클래스 디자이너의 쇼장. 부담이 없을 리 없었다.

의상 체크 완료.

향수 체크 완료.

워킹 순번 체크 완료.

하나하나 톱니가 맞아 갈 때였다. 노모델 한 사람이 보이지 않았다. 수면장애에 시달린다는 그녀였다.

"제가 찾아볼게요."

헤이든의 보조가 문을 나갔다. 잠시 후에 돌아온 그녀가 헤이든에게 귓속말을 건넸다.

"……?"

헤이든의 이마가 서늘해지는 게 보였다.

사고?

강토의 직감이 소름처럼 돋아 올랐다.

*   *   *

"잠깐만요."

헤이든이 모델들을 헤치고 나갔다.

"무슨 일이죠?"

강토가 메리언에게 물었다.

"가 볼까요?"

메리언이 강토에게 눈짓을 했다.

헤이든은 대기실의 화장실 앞에 서 있었다. 메리언이 오자 턱짓을 했다. 헤이든의 보조가 노모델을 부축해 나오고 있었다. 노모델은… 잠에 취해 있었다.

"……?"

강토의 후각이 출격한다. 노모델에게 중병이라도 있는 것일까? 유방암의 흔적이 남아 있지만 요원하다. 유방암은 문제가 없다는 뜻이었다. 하지만 이내 다른 원인에 다가섰다.

'쥐오줌풀 뿌리 냄새…….'

그녀의 체취 속에서 또렷한 향이었다. 수면제 부작용이었다. 어떤 수면제에는 쥐오줌풀의 뿌리 성분과 홉이 들어 있다. 강토가 찾은 원인이었다.

"수면제 과용 같네요?"

강토가 허덕이는 노모델에게 물었다.

"그런 거 같아요. 어젯밤 설렘 때문에 잠이 잘 안 오길래 다른 때보다 조금 더 복용했더니……. 아침에도 모닝콜로 겨우 일어났는데 잠이 가시질 않아요."

노모델은 울상이었다.

세월 때문이다.

워킹은 관록으로 할 수 있지만 약해진 체력에는 관록이 통하지 않았다. 그렇기에 약에 휘둘리는 것이다.

"물이라도 좀 마셔 보세요."

의자로 옮긴 후에 보조가 생수를 건넸다. 그걸 받아 마셔도 별로 개선되지는 않았다.

"어쩌죠? 선생님?"

메리언이 헤이든을 바라보았다.

"그러게. 모델 구성이 이렇다 보니 대타를 넣을 수도 없고…

그러자면 내 라인을 다 바꿔야 한다는 얘긴데⋯⋯."

헤이든도 난색을 표했다.

"죄송해요. 어떻게든 정신을 차려 볼게요."

노모델이 몸을 세워 보지만 그녀의 눈동자에는 생기가 없었다.

"시간을 조금 늦추고 찬물 샤워라도 해 보면 어떨까요?"

메리언이 다른 의견을 냈다.

"다시 호텔로 돌아가서? 밖에 운집한 인파가 안 보이나? 저 걸 뚫고 다녀오려면 몇 시간이 걸릴지도 몰라."

"제가 한번 해 보죠."

옆에 있던 강토가 나섰다.

"닥터 시그니처?"

헤이든이 돌아보았다.

"잠깐만 기다려 주세요. 오래 걸리지 않을 겁니다."

강토가 대기실로 뛰었다.

"배 실장, 나가서 알코을 좀 구해 와. 정 안 되면 위스키라도 괜찮고."

"알았어."

강토 지시를 받은 상미가 밖으로 뛰었다. 그사이에 강토는 향료 하나를 꺼내 놓았다. 상미가 구해 온 건 위스키였다. 아쉬운 대로 용량을 정하고 향료를 투하했다. 임기응변으로 만든 단일 노트(?)의 향수였다.

그걸 노모델의 팔목에 바르고 비볐다.

"술이에요? 향수예요?"

메리언이 코를 킁킁거린다.

"유향입니다. 알코올이 없어 위스키를 썼지만 향이 문제가 아니니까요. 피부에 스며들면 정신이 맑아질 겁니다."

강토의 향수는 한 번 더 노모델의 팔을 적셨다.

그리고······.

파앗.

여러 시향지를 적신 후에 노모델의 얼굴 앞에다 대고 손가락으로 튕겨 향수를 비산시켰다.

"어떠세요?"

강토가 물었다.

"정신이 좀 돌아와요."

노모델 눈동자가 맑아졌다.

"정말 그런데요?"

보조의 목소리도 밝아졌다. 헤이든과 메리언도 그녀를 체크했다. 몸조차 가누지 못하던 조금 전에 비해 굉장히 양호해 보였다.

"일어나 보세요."

강토가 노모델을 부축했다.

파앗.

한 번 더 유향을 얼굴 가까이 튕겨 주고.

"워킹 해 보시겠어요?"

강토가 부축한 손을 놓았다.

노모델이 복도를 걷는다. 여러 스태프들이 몰려나와 그녀를 지켜본다. 그중에는 노모델의 동료와 베티, 태홍도 있었다.

처음에는 다소 불안정하던 노모델. 몇 걸음 옮기면서부터 바로 서기 시작했다.

"잠이 달아났어요."

노모델이 강토를 돌아보았다. 강토는 엄지를 세워 그녀를 응원했다.

"땡큐."

노모델이 다가와 강토 이마에 키스를 찍었다.

"와우."

베티와 태홍이 환호했음은 물론이었다.

"닥터 시그니처?"

헤이든은 믿을 수 없다는 표정이었다.

"유향이라는 게 원래 그런 작용이 있거든요. 소코트라종이라 집중력까지 올려 줄 테니 괜찮을 겁니다."

"당신은 정말⋯⋯."

헤이든이 강토 손을 잡을 때 스태프 하나가 달려왔다.

"선생님, 샤론 공주님 도착합니다."

샤론?

그리고 공주?

느닷없는 호칭에 강토 촉이 곤두섰다.

"제가 어젯밤 말했었죠? 귀빈이 추가되었다고?"

메리언이 강토 귀에 속삭였다.

"네."

"바로 이분이세요. 영국 왕실의 샤론 공주님, 알고 보면 헤이든 선생님의 열렬한 팬이시거든요."

"……?"

"가요. 공주님도 당신을 궁금해하시더라고요."

메리언이 강토를 잡아끌었다.

"헤이든, 메리언."

20대 후반의 샤론 공주, 수행원 두 사람을 거느리고 들어섰다. 의상과 맵시는 세련되었지만 공주도 사람이었다. 왕족을 직관(?)하는 건 처음인 강토, 메리언에게 끌려 인사를 나누게 되었다.

"패션쇼의 새로운 지평을 열어 줄 코리아의 향수 전문가 닥터 시그니처입니다."

소개는 헤이든이 했다.

"만나서 영광이에요."

공주는 소탈했다. 하지만 패션 감각만은 여느 모델들에 뒤지지 않았다. 그렇다면 향수는?

'솔리플로르……'

공주의 향수는 단일 꽃 향으로 장미였다. 그러나 한 가지가 아니었다. 그녀의 향수는 레이어링으로 디자인되어 있었다. 상체는 다마스크종의 장미로 세련된 향을 내고 하체는 유니크 존종의 장미로 히아신스 향을 냈다. 덕분에 생동감이 살았다. 독특한 센스였다.

"헤이든 선생님께서 극찬을 하시더군요. 기대가 커요."

공주는 미소조차도 장미를 닮아 있었다.

"여러분, 여기를 보세요. 영국 왕실의 샤론 공주님께서 여러분을 응원하러 오셨습니다."

헤이든이 모델 대기실에 들어서기 무섭게 외쳤다.

"와아아."

환호와 함께 모델들이 일어섰다. 영국 왕실의 인기는 강토의 상상 이상이었다. 베티는 자연스럽게, 태흥은 잔뜩 상기된 채 공주와 인사를 나눴다.

기자들의 카메라가 또 불을 뿜었다.

"그럼 진행하세요."

공주는 가벼운 인사를 남기고 안으로 들어갔다. 특별석이라도 준비되었나 싶었지만 그게 아니었다. 그녀는 일반 관람객들이 내주는 자리에 감사를 표하고 소탈하게 앉아 버렸다. 그냥 털썩, 이었다.

"베티."

메리언이 베티를 호명했다.

"예썰."

"문제없지?"

"그럼요."

"좋아, 태홍?"

"저도 문제없어요."

태홍의 대답도 영어였다.

"그럼 한번 날아 볼까? 내가 만든 옷에 닥터 시그니처가 만든 향수를 에너지로 삼아 날아가는 타임머신 시간 여행."

"예썰."

"좋아, GO."

마침내 메리언의 출발 사인이 터졌다. 동시에 장중한 음악도 스피커를 박차고 나왔다.

"대표님……"

강토 옆의 상미가 숨을 죽인다. 잠깐의 정적 뒤에 이제는, 조명까지 기막히게 들어왔다.

"나온다."

곡선과 코너, 곳곳에 앉은 관객들이 소리쳤다. 베티와 태홍의 등장이었다. 바로 그 순간, 강토의 르네상스 향수가 미스트랄을 뿜어냈다.

"와아아."

향수의 공기를 헤치며 베티와 태홍이 워킹을 시작한다. 왕자와 공주가 따로 없다. 그도 아니면 최소한 공작가의 소공녀나 소공자쯤은 되어 보였다. 하지만 워킹만은 시원하지 못

했다.

'다리……'

패션쇼 전문가들은 그 빈 곳을 알아채지만 관객들은 환호하느라 바빴다. 베티와 태홍이 곳곳의 관객들과 함께 서서 포즈를 취해 준 것이다.

"와아."

관객들 표정이 몽롱하게 변했다. 향수 때문이었다. 태홍과 베티가 다가오자 과거가 다가오는 듯한 느낌이 들었다. 송풍구에서 나오는 향은 분위기용이었지만 태홍과 베티에게서 나는 향은 그보다 풍성하기 때문이었다.

그 뒤로 현아와 로간이 출격했다. 동서양의 완벽한 만남. 둘의 느낌은 그랬다. 그런 대조가 르네상스 패션의 품격을 오히려 높여 주었다. 두 사람의 워킹은 완벽했다. 연습 기간 동안 비대면 영상으로 호흡을 맞춘 둘이었다. 그렇기에 베티와 태홍에게서 느껴진 워킹의 미숙함을 커버하고도 남았다.

"어머, 스타니슬라스 박사님이셔."

내빈 관람객들을 바라보던 상미가 소리쳤다. 강토도 고개를 돌렸다. 내빈들 틈에 그가 보였다. 메디치와 함께 편안한 모습이었다.

베티와 태홍은 이제 샤론 공주 옆에 있었다.

"어머."

공주도 진한 향수를 느낀다. 사실 그녀는 더 민감했다. 이 향들은 낯설지 않았다. 버킹엄 궁전의 유물이나 지하에서, 혹은 왕족들의 고성(古城)에서 느끼던 냄새였기 때문이었다.

"공주님."

손을 내민 건 태홍이었다. 공주가 그 손을 잡자 베티도 힘을 보태 준다. 공주가 일어나 둘과 함께 워킹을 했다. 베티가 돌아서 춤을 추니 공주도 그에 맞춰 잠깐의 율동을 보여 주었다. 카메라가 미친 듯이 터진다.

"와아아."

관객들도 함께 일어나 환호를 했다.

현아도 그랬다. 그렇게 스타니슬라스까지 체크하고 다시 원점으로 돌아간다. 런웨이의 향이 교체된다. 오존과 환풍 작용으로 르네상스 향을 씻어 내면 다른 향이 분사되는 것이다.

현대 패션이 등장했다. 이때까지만 해도 대다수 사람들은 베티와 태홍의 다리에 대해 알지 못했다. 긴 의상으로 다리를 감추었기 때문이었다.

하지만 눈치 빠른 몇몇은 감을 잡고 있었다.

"장애인 같은데?"

그런 소근거림이 나온 것이다.

다음은 헤이든의 의상 차례였다. 메리언이 뜨는 별이라지만 유럽에서 차지하는 헤이든의 위상은 넘사벽이었다. 그렇기에 관계자들의 반응은 클래스가 달랐다.

음악이 바뀌었다. 도입부는 조금 느린 듯하더니 네 명의 모델 실루엣이 화면에 나왔다. 박물관의 구조 때문에 위치에 따라 보이지 않을 수도 있기 때문이었다. 조명이 밝아지면서 두 명의 모델을 비췄다.

"아."

탄성이 쏟아진다. 20대의 세련된 모델로 보이던 실루엣. 그러나 실제 모델은 70에 가까운 노모델들이었다. 비주얼은 완전히, 고고한 공작 부인의 기품이었다.

그녀들이 워킹을 시작한다. 음악이 빨라진다. 뒤에 남은 두 모델이 바로 따라붙는다. 그림 앞의 공간에서는 자유 댄스도 선보인다.

공주 앞에서 예의를 갖춘 노모델들, 몇 걸음을 가자 꼬마들이 우르르 일어섰다. 그녀들의 손주였다. 손주들이 노모델들의 뒤를 따르며 워킹을 흉내 낸다. 그러자 다른 꼬마들도 일부 일어섰다.

자연스럽다. 모든 게 그랬다.

짝짝.

박수가 터져 나왔다. 위풍당당한 노모델들, 그 관록이 빚어낸 자연스러운 연출 앞에서 패션 산업 관련자들은 헤이든의 감성에 엄지척을 쾌척하느라 바빴다.

이제 베티와 태홍, 현아와 로간이 합류를 했다. 노모델들을 가운데 두고 워킹을 하니 그림이 제대로였다. 그 뒤로 보조 모델들이 나왔다. 모두 열 명이었다. 그들이 분위기를 이어 가는 동안 메인모델들은 의상을 교체하고 메이크업을 손보았다.

다시 조명이 변했다. 음악도 변했다. 이제는 환희에 넘치는 현대였다. 어느새 향수의 테마도 바뀌었다. 현대 의상은 차갑고 세련된 지성이 주제였다.

"와아."

관람객들은 향수의 '역할'을 만끽하기 시작했다.

향수와 패션쇼.

많은 관람객들의 상상은 간단했다.

「모델들에게 뿌려진 향수」

패션쇼의 부속품쯤으로 생각했다.

하지만 달랐다. 향수가 패션의 길잡이가 되고 있었다. 향수로 먼저 분위기를 잡는다. 그런 다음 의상이 나온다. 창의성과 혁신성이 가득한 의상에 몽환과 입체감이 입혀진다. 모델들이 코앞으로 지나갈 때마다 향수의 위력은 극에 달한다. 메리언의 모델들이 두 조였고 헤이든 역시 그랬으니 적어도 네 번은 아찔해지는 것이다.

향수.

현대 섹션까지 끝나자 관객들의 기대는 풍선처럼 부풀어 올랐다. 지금까지의 두 섹션 향수는 완벽했다. 눈을 감으면 이미지가 그려질 것 같았다.

그런데.

세 번째 섹션은 AI 시대.

이건 대체 어떤 향을 담고 있을까?

모두가 긴장할 때 벽에 설치된 화면들이 밝아졌다.

순간, 모두의 입에서 경탄이 터져 나왔다. 아직 세 번째 섹션의 향수는 분사되지 않은 상태. 메리언의 의표를 찌르는 연출이었으니 출발선에 선 베티와 태홍을 먼저 비춰 준 것이다.

둘은 AI 시대에 어울리는 의상이었다. 금속광택의 의상이 인공지능의 문양 같은 느낌을 냈다. 하지만 그들의 두 다리…….

베티와 태홍, 둘 다 빛나는 은빛 로봇 다리형 의족을 신고 있었다.

"진짜 두 다리가 없어."

"어쩜…….''

관객들이 넋을 놓을 때 경쾌한 음악과 조명, 향수가 함께 터져 나왔다.

제8장
—
여왕 폐하를 위한 오더

베티와 태홍.

일대 반전을 이루며 날아올랐다. 길고 넓은 의상 속에 감추었던 의족을 드러낸 것이다. 외관상 로봇형 의족이다. 둘은 진짜 AI라도 된 듯 경중경중 활보했다. 의상으로 가린 족쇄가 풀린 것이다.

관람객 모두가 일어섰다. 은빛으로 반짝이는 메탈 향 때문이었다. 미치도록 고귀하고 숭고했다. 마치 AI 왕국이 밀려오는 느낌이었다. 그 향수를 헤치고 베티와 태홍이 걸었다. 아까까지는 살짝 어색한 워킹이었지만 이제는 다이나믹할 정도로 역동적이었다. 그때마다 의족 뒤로 길게 늘어진 은빛 메탈 소재의 띠에서 향수가 번져 나갔다.

짝짝.

박수가 터진다. 무의식적인 반응이었다. 향수가 베티와 태홍에게 새 생명이라도 준 것만 같았다. 그 뒤로 예외 없이 현아와 로간의 세련됨이 이어진다. 차갑게 연출된 메이크업은 두 사람 또한 새로운 이미지즘으로 부각시켜 버렸다. 그 넷이 그림 앞에서 만나 합동 포즈를 취했다.

짝짝.

코너를 돌 때마다 박수가 더 뜨거워진다. 이번에도 태홍은 공주의 손등에 키스를 했고 현아와 베티도 그랬다. 관객이 내미는 손을 잡아 주고 누군가 앞에서 즉흥 워킹도 선보였다.

그 뒤로 노모델들의 군무가 펼쳐진다. 그렇잖아도 관객 친화적인 런웨이. 관객들의 설렘까지 겹치니 열기는 가히 폭발적이었다.

"대표님……."

상미도 두 손을 모은 채 감격으로 떨고 있다.

"배 실장."

"응?"

"향수 체크해야지."

송풍장치를 바라보며 강토가 말했다. 정말이지 강철처럼 묵직한 표정이었다. 이 무지막지한 열광 속에서도 자신의 포지

션을 잃지 않는 한 사람, 윤강토……

이제.

런웨이는 클라이맥스를 향해 달려갔다. 마침내 섹션 '우주' 의 차례가 된 것이다. 이번에는 변화가 있었다. 첫 주자로 현아가 런웨이에 들어섰다. 그녀는 혼자였다. 푸른 조명 아래로 흐르는 명곡을 따라 그녀가 걸었다. 그녀의 우주복은 풍성한 어깨에 뒤쪽 라인이 길었다. 조명이 출발점으로 움직인다. 거기 로간이 보인다. 그는 우주를 유영하듯 걸어와 현아 앞에 선다. 향수의 농도가 진해진다.

우주.

우주를 수놓은 별들.

별은 헬륨과 수소로 이루어져 있다. 둘 다 냄새가 나지 않는다. 그러나 인간에게는 상상력이라는 게 있었다. 우주라는 태초, 그 광활하고 숭고하며 심오한 공간. 상상으로만 그리던 그 냄새가 코앞에 구현되었다.

「용연향과 마린 노트를 더한 태초의 느낌」
「그 시린 느낌 속에서 신성하게 펼쳐지는 무한한 공간감」

그게 우주라는 무한 공간의 이미지를 연결한 것이다.

이제 베티와 태홍이 나온다. 의족이 바뀌었다. 우주복 칼라에 맞춘 블레이드 러너였다. 조금 전에 보여 준 역동은 시작에 불과했다. 베티와 태홍은 활기차게 바뀐 음악을 따라 호흡을 맞춰 가며 런웨이를 장악했다. 특급 모델들처럼 유려한 워킹은 분명 아니었다. 하지만 그들에게는 다른 매력이 있었다. 메리언의 의상 소화 능력과 관계자들의 혼을 빼는 호소력……

그 뒤로 현아와 로간이 이어진다.

"하아."

관계자들의 공간에서도 감탄이 쏟아졌다.

박물관 통로와 공간을 이용한 패션쇼.

게다가 향수까지 내세운……

—자선 쇼나 할 것이지.

—헤이든도 맛이 갔군.

일부 패션 관계자들은 그런 생각까지 하고 있었다.

하지만.

그들의 불손한 상상은 거칠게 뜯겨 나가고 말았다.

그들 앞에 노모델들이 다가와 포즈를 취했다. 이들 역시 비웃음의 일부였다. 헤이든이라면 에바급의 톱 모델만으로도 런웨이를 채울 수 있었다. 그런데 고작 은퇴한 퇴물 모델들.

—치매야 만용이야?

그런 상상까지 품었지만 그 또한 속절없이 사라졌다.

오늘 본 네 명의 메인 노모델들.

얼굴의 주름살만 제외하면 에바에게도 밀리지 않을 것

같았다. 그들이 연출하는 포근하고 노련한 이미지 때문이었다.

바그너의 서곡과 함께 보조 모델들의 마무리가 시작되었다. 대초원의 장중함으로 갈무리하는 패션쇼였다. 그 뒤로 작은 이벤트가 이어진다.

"메리언이야."

"헤이든도."

관계자들이 소리쳤다.

'닥터 시그니처……'

스타니슬라스도 낯익은 한 사람을 발견한다. 강토였다. 헤이든, 메리언과 어깨를 겨루며 선 강토, 세 디자이너의 답례 워킹이었다. 베티와 태홍이 달려와 보조를 맞춘다.

"와아아."

짝짝짝.

세 디자이너가 런웨이의 끝에서 인사를 하자 박물관이 떠나갈 정도의 환호성이 나왔다.

"여러분."

헤이든이 군중들을 바라보며 말문을 열었다.

"고맙습니다."

"와아아."

"네 가지 섹션으로 달려온 저희들의 패션쇼, 뜨겁게 받아주시니 고맙습니다."

"와아아."

"그러나, 아직 끝이 아닙니다. 최후의 이벤트가 남았으니 질서정연하게 광장으로 이동해 주시기 바랍니다."

헤이든의 손이 입구를 가리켰다.

"와아아."

광장의 인파들도 환호하기 시작했다. 외부 향수가 분출을 시작한 것이다.

이번에는 보조 모델들이 먼저 나왔다. 보무당당한 군무였다. 보조 모델들의 의상은 네 가지 섹션을 고루 갖추고 있었다. 그들은 관객 속으로 들어갔다. 거기서 분위기를 띄운다. 기존의 패션쇼와는 사뭇 다른 패턴이었다.

순간.

새로운 음악이 흘러나왔다. 스트라빈스키의 불새였다. 보조 모델들이 자리를 정돈하기 시작했다. 음악이 더욱 고조된다. 장쾌한 선율은 관객들의 가슴을 시원하게 휘저었다. 심연을 관통하는 음악, 그게 바로 불새의 매력이었다.

보조 모델들이 출입문을 향해 도열하자 관계자들과 관객들의 시선도 일제히 그곳으로 향했다.

"와아아."

앞줄의 관객부터 환호하기 시작했다. 메인모델들의 등장이었다. 베티와 태홍이 먼저였고 현아와 로간이 뒤를 이었다. 곧바로 노모델들이 합류하자 보폭을 맞추며 새 런웨이(?)를 지배

한다. 그들은 불덩이였다. 스트라빈스키의 불새처럼, 혹은 불타며 돌진하는 유성처럼.

그들은 불새가 되어 걸었다. 바뀐 의상이 그랬다. 붉은 불빛 형태와 디자인으로 승화된 의상의 불에 달아오른 쇳덩이와 화약 냄새, 심지어는 럼주와 디젤 냄새까지 진동을 하며 광장에 다다랐다.

우주 향수1.

헤이든과 메리언이 비공개로 진행해 온 회심의 피날레. 바로 거기에 쓰인 것이다.

와아아.

짝짝짝.

워킹이 끝나고 모델들이 정돈하자 광장은 함성으로 뒤덮였다.

짝짝.

이제는 모델들도 박수에 동참을 했다. 다시 디자이너들의 등장이었다.

강토와 헤이든, 그리고 메리언.

그들이 관객들을 향해 손을 흔들자 함성은 극에 달했다.

"여러분."

헤이든이 목소리가 광장을 울렸다.

"우리 패션계의 미래, 메리언입니다."

"와아."

메리언이 소개되자 꽃이 쏟아졌다.

"그리고, 이 엄청난 패션쇼의 영감을 안겨 주고 제가 평생 시도하지 못한 향수라는 패션으로 오늘을 빛내 주신 향수 디자이너 닥터 시그니처입니다."

"와아아."

다시 꽃이 쏟아졌다. 주변에 떨어진 꽃을 챙겨 든 베티가 강토에게 향했다.

쪽.

꽃을 안겨 주며 키스를 퍼붓는다. 태홍은 다른 꽃을 챙겨 노모델들에게 안겨 주었다.

"감사합니다. 여러분."

헤이든이 마무리에 들어간다. 카메라가 미친 듯이 돌아가고 플래시가 터진다. 관객 친화적으로 개방된 패션쇼의 피날레. 그 주제답게 관객들과의 인증 샷 시간도 주어졌다. 최고의 인기는 베티와 태홍이었다. 그러나 노모델들의 인기도 하늘을 찔렀고 헤이든과 메리언, 강토 역시 수많은 러브 콜을 받았다.

패션쇼는.

완전 대박.

하지만 그 백미는 아직 남아 있었다.

"할머니?"

들뜬 대기실로 두 꼬맹이가 난입한 것이다.

젊어 보이고 싶다던 노모델의 손주들이었다. 옷을 갈아입기 무섭게 강토가 준 자몽 향수에 망고 향수까지 레이어링을 마친 노모델.

"존, 세이라."

노모델은 두 팔을 벌려 사랑스럽게 달려온 아이들을 안았다. 평소라면 둘을 안기 버거웠을 노모델. 이 순간만은 힘든 줄도 모르고 번쩍 안아 올린 것이다.

"할머니 어땠어?"

노모델이 물었다.

"멋졌어요?"

"지금도 너무 할머니 같아?"

"아니, 지금은 아가씨 같아."

두 아이가 합창을 했다.

"진짜?"

"응."

아이들이 고개를 끄덕이자 노모델의 입이 귀밑까지 올라갔다.

"너도 그러니?"

이번에는 딸에게 확인하는 노모델.

"진짜 10년은 젊어 보여요."

딸의 키스가 노모델의 이마에 찍혔다.

10년.

강토가 예고한 그만큼이었다.

"닥터 시그니처."

그녀가 강토를 돌아보았다. 강토는 꾸벅 예의를 갖추는 것으로 노모델을 축하해 주었다. 덕분에 강토까지 행복해졌으니 생색낼 생각 따위는 없었다.

인터뷰 요청이 쏟아졌다. 강토에게 향한 것만 열 개가 넘었다. 레이첼을 필두로 현지 패션 방송에 향수 회사들까지 줄을 섰다. 초일류들과의 협업이 왜 중요한지 알게 되는 순간이었다. 강토 역시 같이 뜨게 된 것이다.

그사이에 상미가 스타니슬라스와 메디치를 모셔 왔다.

"박사님."

"닥터 시그니처."

스타니슬라스가 꽃다발을 안겨 왔다.

"최고였네. 병 속에 담긴 향수에 갇혔던 나한테 또 한 방을 먹였어."

"맞고도 칭찬을 해 주시니 감사합니다."

"나도 축하합니다. 패션의 부속이 아니라 동등한 디자인으로서의 향수… 이건 정말……."

메디치도 꽃을 내밀었다.

"패션이 훌륭해 묻어 간 것 뿐입니다."

"헤이든에게 물었더니 거꾸로 말하더군요. 제가 헤이든과도 좀 알거든요."

"아, 네……."

"분위기를 보니 인터뷰가 밀린 거 같던데 잠깐 나가 있겠습니다."

"죄송합니다."

바쁜 와중에도 강토는 예의를 잊지 않았다.

처음은 세 디자이너의 합동 인터뷰였다. CNN과 BBC가 취재 각축을 벌였다. 직전에 폐막된 밀라노 컬렉션에 못지않은 관심이었다.

대략 20분 정도씩 소요되었다. 패션쇼였지만 강토에게 쏟아진 질문이 더 많았다. 그들은 네 가지 섹션에 구현된 다섯 가지 영감을 궁금해했다. 향료도 궁금해했다. 강토는 가감 없이 답했다.

「중세의 냄새」

「우주의 냄새」

많은 공감을 받았다. 진솔함이 먹혔으니 말로 포장한다고 해서 향수가 좋아질 것도 아니었다.

"세 분의 위대한 조인트 무대, 또 계획이 있는 건지 밝혀 주십시오."

기자회견 말미에 나온 질문이었다. 옵션도 붙었다.

"YES입니까? NO입니까? 세 분이 동시에 말해 주면 좋겠습니다."

셋의 생각이 같은지를 보려는 것이다.

헤이든과 메리언, 강토가 서로를 바라볼 때 CNN 기자가 카운트를 세기 시작했다.

"YES."

세 사람의 답은 하나로 나왔다. 헤이든 역시 강토의 입지를 인정한다는 뜻이었다.

이 자리에는 드라고코 리포트의 토미도 있었다. 그의 눈은 매순간 빛나는 아이리스 향처럼 반짝거리며 강토에게 반응했다.

개별 인터뷰와 관계사의 미팅 요청은 그 후에 진행되었다.

30만 불.

두 번째 미팅에서 나온 향수 회사의 제품당 개발비 배팅이었다. 세계 10위권의 회사였다. 창의성은 보장하고 자체 검증만 통과하면 모두 상품화해 주겠다고 했다.

30만 불이면 약 3억 원이다.

결코 나쁜 조건이 아니었다.

NO THANKS.

강토의 답이었다. 호조건이지만 검증이라는 옵션이 독이 될 수도 있었다. 검증 자체가 무서운 게 아니라 저들의 잣대대로 움직여야 하는 게 싫었다.

다음은 유럽 향수 시장을 좌우하는 큰손의 제안이었다. 패션쇼에 사용한 향수의 유럽 패션 도시 백화점 이벤트 제안이

들어왔다.

"물량이 얼마나 되나요?"

그들이 물었다.

"50㎖ 바틀이라면 몇백 병 분량은 됩니다."

"그럼 일단 그걸 출시하고 예약을 받으면 어떨까요? 대우는 최고로 해 드리겠습니다."

그들이 계약서를 내밀었다. 강토가 검토하니 S급 이상이었다.

"원래는 A급 대우가 정상인데 이번 패션쇼의 반응 덕분에 배팅이 가능하게 되었습니다. 요로에 알아본 결과로도 선생님의 향수는 안정성과 지속력, 어코드 등을 의심할 필요가 없다고 나와서요."

"콜."

계약서에 사인을 했다. 강토에게 밑지는 장사가 아니었다.

계약 체결 이후에 이탈리아 국영방송사와 인터뷰가 이어졌다. 이번 패션쇼의 영감에 더불어 향수의 특징 등을 물었다. 그 말미에 살짝 뜨거운 질문이 나왔다.

"메리언과는 어떤 사이십니까?"

여기자였다. 여자들의 촉에서는 다른 센서가 달린 모양이었다.

"가는 길은 다르지만 공통분모가 많습니다. 좋은 케미로 지내는 사이입니다."

적당한 선에서 잘랐다. 하지만 그녀가 물러서지 않았다.

"메리언의 답은 그보다 진보적이던데요?"

아뿔싸.

이 기자, 메리언과의 인터뷰에서도 이 질문을 날린 모양이었다.

"그렇다면 저도 수정하죠. 메리언이 한 말과 궤를 같이하겠습니다."

"역시 좋은 관계시군요?"

기자가 웃었다. 인터뷰의 본질이 아니니 그 이상 캐묻지는 않았다.

한국으로 연락이 왔던 헤르메스 역시 강토의 향수를 신제품으로 내기를 바랐다. 구체적인 대우도 밝혔다. 그러나 그들은 헤르메스의 향수에 흐르는 특징을 삽입해 주기를 원했다. 다음 기회를 갖기로 하고 미팅을 끝냈다.

그 외에도 큼지막한 러브 콜을 두 개나 받았다. 하나는 유럽 최고의 전자거래상에서 제안한 향수 특별전이었고 또 하나는 특급 패션 디자이너들의 합작 러브 콜이었다.

성과의 백미는 영국의 샤론 공주에게서 나왔다. 뜻밖에도 그녀가 시그니처를 부탁해 왔다.

그 향수.

공주의 것이 아니라 여왕의 것이었다.

옵션이 만만치 않았다.

"노령으로 건강이 안 좋아서 애용하던 장미 향수조차 멀리하고 계세요. 생신 때라도 뿌리고 싶어 하시는데 올 생신에는 왕실 공식 조향사 두 분이 실패를 했어요."

왕실 조향사.

블랑쉬의 로망이기도 했던 지위였다.

그 명예는 현대에도 가치가 크게 떨어지지 않았다. 영국 왕실의 공식 지정 조향사는 아직까지도 조향사들의 명예가 되고 있었다.

향수를 갈망하는 여왕의 눈에 든다면.

그것도 가능한 일이었다.

"메디치를 만났는데 그분이 그러세요. 당신이라면 여왕 폐하의 소원을 이루어 줄지도 모른다고."

"……."

"가능할까요?"

공주가 다시 물어 왔다.

*　　　*　　　*

"가능하죠."

강토가 즉답했다.

"와아."

공주의 미소가 시원하게 커진다.

"하지만 여왕 폐하의 체취가 필요합니다."

"체취?"

"그분이 쓰시던 물건이 있으면 가능합니다. 그게 아니면 제가 직접 가서 뵈어야겠죠."

"이거면 될까요?"

공주가 스카프를 꺼내 놓았다.

"폐하께서 간직하던 것을 제게 물려주셨어요."

"잠깐만요."

스카프를 받아 들고 후각을 세워 본다. 체취가 느껴진다. 약하다. 다행히 큰 병이나 알레르기는 없었다.

"되겠네요."

강토가 답했다.

"그럼 가져가세요. 필요하면 돌려주지 않으셔도 됩니다."

"아뇨, 공주님. 폐하의 체취는 제 후각에 이미 저장되었습니다."

"그럼 비용을 협의해야겠네요? 소중한 향수를 돈으로 평가하면 안 되겠지만 얼마를 지불해야 할까요? 제 능력으로 1만 불까지는 가능합니다."

"잠깐만요."

대답을 미룬 강토가 가방을 열었다. 몇 가지 샘플 향들을 꺼냈다.

월하향 하트 노트의 달빛 속삭임을 필두로 수선화의 두근

두근 설렘으로, 뮤게의 마종삐, 장미와 아이리스 향수 등등이
었다.

스슷.

시향지에 뿌려 감상을 시켰다.

와아.

어쩜.

와우.

공주의 감탄사는 쉴 줄을 모른다.

마지막으로 받아 든 순수 아기 향수 앞에서는 차라리 말을
잊었다. 강토의 향수에 뻑 가 버린 것이다.

"닥터 시그니처… 당신 향수는 대체……?"

"마음에 드십니까? 공주님?"

"이건 향수가 아니라 마법이잖아요?"

"여왕 폐하의 향수는 두 개를 만들 겁니다."

"그것도 좋겠네요. 둘 중 하나라도 마음에 들면……."

"그런 뜻이 아닙니다. 저는 확률에 기대지 않으니 두 향수
는 레이어링을 위한 것입니다. 오랜만에 뿌리는 거라면, 기왕
이면 최신 유행법에 맞춰 뿌리는 게 좋지 않을까요?"

"어머, 죄송해요."

"만드는 김에 공주님의 시그니처도 만들어 헌정하고 싶습니
다."

"헌정이라고요?"

헌정.

향수를 기증하겠다는 뜻이었다.

"말도 안 돼요. 이렇게 소중한 향수를… 제 향수값도 따로 지불을 할게요. 만들어만 주세요."

공주가 훌쩍 달아올랐다.

"그럼 이렇게 하면 어떨까요? 여왕 폐하께서 제 향수를 뿌리게 된다면……."

"혹시… 왕실 공식 조향사 칭호를 원하시는 건가요?"

공주가 먼저 물었다.

"그보다 그 향수에 여왕 폐하와 공주님의 이름 명명을 허락해 주시면 고맙겠습니다. 퀸 엘리자베스, 프린세스 샤론 향수하는 식으로 말입니다."

"여왕 폐하께서 향수를 뿌릴 수만 있다면 가능할 거예요."

"그거면 됩니다. 제게도 영광이니까요."

"와아, 제 시그니처까지… 너무 기다려지는데요?"

"폐하의 생신은 얼마나 남았나요?"

"내년 초예요."

"그 정도면 무난하네요. 완성이 되면 샘플 먼저 보내 드리도록 하겠습니다."

"와아아……."

공주 눈 속에 별이 출렁거린다. 그 별은 오랫동안 지지 않았다.

"우와, 영국 여왕 폐하와 공주님 시그니처?"

공주가 나가자 상미가 몸서리를 쳤다.

"또 겁나냐?"

"아니, 이제는 안드로메다의 여왕이 와도 겁나지 않아."

"오, 세졌는데?"

"아니면? CNN이며 BBC며… 다들 카메라 들이대고 대표님 향수 인정하는데 뭐가 걱정이겠어?"

"그럴수록 정신 줄 바짝 당겨야지. 높은 데서는 한 발만 헛디뎌도……."

"알았어. 정신 줄."

"아직 스케줄 남았어?"

"응, 모글러의 매니저."

"한국으로 연락 왔던 사람?"

"모셔 올게."

상미가 문으로 다가갔다.

물을 마시고 마음을 달랠 때 낯선 체취가 가까워졌다.

"안녕하세요?"

영어로 포문을 여는 모글러의 프로젝트 매니저였다. 롤스로이스의 향수가 나온 후에 가장 적극적인 구애를 펼쳤던 그 회사.

그는 정중했다. 하지만 대화를 거듭하자 삐딱선을 타기 시작했다.

"당신은 운이 터진 겁니다. 우리 회사 브랜드를 달고 향수를 출시하는 순간부터 당신은 전설의 대가들 반열에 올라가게 될 테니까요."

그 허풍이 시작이었다.

"사실 자기 돈을 들여서도 우리 브랜드에 편입만 시켜 달라는 조향사도 많아요. 우리 회사의 브랜드파워를 알고 있는 거죠."

매니저는 자꾸 선을 넘어갔다.

모글러에 대한 파악은 한국에서부터 하고 있었다. 상미와 이린이 스펙을 까 본 것이다. 한때는 향수의 명가였다. 그러나 옛날이야기였다. 지금은 중저가 향수로 겨우 명맥이나 유지하는 형편이었으니 면세점이나 백화점에는 명함도 못 내밀고 있었다.

그런 회사라고 스카우트를 하지 말라는 법은 없다. 회사의 명운도 파동이 있는 법. 문제는 이 사람의 태도였다. 강토를 물정 모르는 촌닭 조향사 취급하고 있는 게 분명했다.

"내가 당신을 책임지고 키워 드릴 겁니다. 그러니 기회를 잡으세요."

"그렇다면."

강토의 반응은 천천히 나왔다.

"당신은 왜 나에게 투자하려는 거죠?"

"감이죠. 프로젝트 매니저는 아무나 하는 게 아닙니다."

"제가 조향사로 명성을 날릴 것 같습니까?"

"내가 딱 보면 견적이 나옵니다."

"관심법의 대가로군요?"

"예?"

"좋습니다. 그럼 얼마를 투자하시겠습니까?"

"첫 작품은 20만 불을 주겠소. 그 성과에 따라 다음 작품은 40만 불, 그다음은 60만 불… 밀리언 셀러가 나온다면 100만 불도 가능하오. 당신 같은 신예에게는 파격적인 조건이죠."

"100만불……."

"물론 그 이상도 가능하오. 시장을 꿰고 있는 내 코드에 맞춰만 준다면."

"그렇다면 그렇게 예리한 감으로 이룬 히트작들은 뭐가 있는지 궁금하네요?"

"예?"

"당신이 책임지고 키운 조향사나 대표 작품들 말입니다."

강토의 시선이 매니저를 겨누었다.

"그게 한두 명이겠습니까? 바스티엔, 시프리앙, 콜리… 저명한 유럽 조향사의 절반이 내 손을 거쳐 갔어요."

"바스티엔, 시프리앙, 콜리?"

나름 네임드가 있는 조향사들이었다.

"그분들과의 계약을 직접 하셨다는 말씀이군요?"

"그렇소. 하지만 히트를 치자 다 떠나갔지. 돈이나 밝힐 줄 아는 인간들… 그래서 유럽 조향사들에게 환멸을 느꼈고 아시아로 눈을 돌리는 거요. 당신에게는 행운이지."

"그들과의 계약서를 보여 주시면 사인하겠습니다."

떠벌거리는 매니저에게 강토가 선을 그어 버렸다.

"……?"

매니저의 이마가 창백하게 변했다.

"당신, 나를 못 믿는다는 거요?"

"믿죠. 그러니까 보여 달라는 겁니다. 못 믿으면 계약서도 없을 텐데 보여 달라고 하겠습니까?"

"쳇, 시건방진 오리엔탈. 제 복을 걷어차다니……."

허를 찔린 매니저는 동양인을 비하하는 말을 남기고 퇴장했다. 그는 강토를 쉽게 봤다. 전통을 앞세우고, 네임드 조향사 몇 명의 이름을 판다고 넘어갈 강토가 아니었다.

"아오, 개짜증, 부틸메르캅탄이라도 있으면 확 뿌려 주고 싶네."

상미가 핏대를 올린다. 부틸메르캅탄은 스컹크 악취보다 독하다.

스슷.

흥분한 상미에게 라벤더 향을 뿌려 위로해 주었다. 이렇게 좋은 날, 아직도 남아 있는 좋은 일과 좋은 사람들, 불순물 한 방울 따위에 인상 긁을 필요가 없었다.

강토를 기다려 준 마지막 사람은 토미, 그리고 레이첼의 보그 팀이었다. 토미와 레이첼은 이미 아는 사이인 모양이었다. 두 사람의 기사 작성을 위해 몇 가지 계약 사항을 알려 주었다.

영국 왕실 이야기가 나오자.

"대박."

그들이 동시에 환호했다.

"당신이라면 해낼 겁니다."

강토에 대한 두 사람의 신뢰였다.

개별 미팅은 그렇게 마감이 되었다.

"건배."

자리에서 일어선 헤이든이 샴페인 잔을 들었다.

"건배."

모두가 잔을 들었다. 뒤풀이 연회장이었다. 헤이든의 후원사에서 마련한 자리였으니 패션 관계자들, 기자들, 스타니슬라스와 메디치에 노모델의 가족들까지도 한자리에 모였다.

태홍은 바닷가재를 통째로 들고 왔다. 알고 보니 베티 따라하기였다. 베티가 집어 드니 베티 바라기인 태홍이 그대로 따른 것이다. 그렇다고 몰상식하게 바닷가재만 집중 공략 하지는 않았다.

식사하는 동안에도 카톡과 문자 등이 불이 났다. 상미 역시 카톡에 답하느라 정신이 없을 지경이었다.

"선생님."

태홍이 강토에게 다가왔다.

"왜?"

"저 베티랑 CF 제의 받았어요."

"정말?"

"메리언 선생님이 대행해 주기로 했는데 해도 될까요?"

"그거야 네 마음이지."

"선생님 생각을 묻고 있는 거예요."

"내 생각보다 베티 생각이 더 중요할 것 같은데?"

"베티는 오케이래요."

"그럼 너도 해. 그러다 재미나면 모델로 빠져도 좋고."

"조향사 할 거라니까요."

"모델 출신 조향사도 괜찮아."

"그리고 이거요."

태홍이 사진 파일을 보여 주었다. 한국의 아버지에게서 온 문자였다.

「2,000,000원」

오늘 아침에 입금된 모델비였다. 메리언의 계산은 지나치리 만치 깔끔했다.

"이건 또 왜?"

"너무 많아서요. 돈은 제가 오히려 내야 할 거 같은데요?"

"내 생각에는 그만한 일을 했어. 그러니까 아무 소리 말고 받아 둬."

"그래도 돼요?"

"당연히……."

"알았어요. 고맙습니다."

"그 인사는 메리언에게. 돈은 메리언이 넣어 준 거니까."

강토가 메리언을 가리켰다. 태홍은 인사의 방향을 메리언에게 바꾸었다.

"태홍이, 이번에 너무 근사하지 않았어?"

상미가 묻는다.

"우리 배 실장도 충분히 근사했어."

"진짜?"

"응."

"하지만 영어 때문에 많이 버벅거렸어. 돌아가면 목숨 걸고 공부해야 할 거 같아. 불어까지도 말이야."

"그럼 좋지."

식사 시간은 즐거웠다. 강토도 여러 번 발언권을 받았다. 무엇보다 한국 조향의 격을 올린 것 같아 뿌듯했다.

그 분위기는 강토의 호텔로 이어졌다.

태홍에 대한 스타니슬라스의 테스트였다.

강토는 슬쩍 자리를 피해 주었다.

"우태홍?"

스타니슬라스가 태홍의 이름을 불렀다.

"네, 박사님."

태홍의 목소리는 선명했다. 강토에게서 스타니슬라스 박사의 위명에 대해 들은 까닭이었다.

"닥터 시그니처가 말이야, 태홍에게 조향의 기재가 있는지 좀 봐 달라고 해서."

"네."

"긴장하지 말고 편하게."

"네."

"후각이 굉장하다고?"

"친구들이 조금 좋다고는 합니다."

태홍의 대답은 띄엄띄엄 불어였다. 그래도 대화는 될 정도였다.

"향에 대해서 공부를 했나?"

"닥터 시그니처가 내주는 숙제는 몇 개 해 보았습니다."

"그렇군."

빙그레 웃은 스타니슬라스가 향수 몇 병을 꺼내 놓았다. 상표를 제거한 에르메스와 겔랑, 에스띠로더 등의 네임드 향수였다.

"닥터 시그니처의 숙제를 해 보았다니… 이 향수에 공통되는 주성분들 냄새를 한번 찾아보게."

"주성분요?"

"그래. 나는 밖에서 닥터 시그니처와 얘기 좀 나누고 있을 테니."

향수병을 넘겨준 스타니슬라스가 일어섰다.

탁.

문이 닫히자 태홍 혼자 남았다. 향수병은 모두 다섯 개였다. 향수의 색도 가지가지였다. 황홀한 컬러는 색소와 첨가물이다. 강토 덕분에 알고 있는 내용이었다.

「주성분」

미션의 핵심을 떠올리며 첫 향수를 분사했다. 바로 집중하지는 않았다. 뒤를 이어 또 하나, 또 하나… 마지막 향수까지 분사하고는 가만히 눈을 감는 태홍. 직관의 촉으로 향수의 첫인상을 보는 것이다.

그런 다음에야 다시.

하나하나 시향지에 뿌렸다.

장미 향이 났다. 아이리스 향도 나고 수선화와 제비꽃, 재스민도 있었다. 그런 거라면 한 쪽 코를 막고도 알 수 있었다.

눈을 감은 채, 코에 맺힌 향들을 적어 내려간다. 다섯 향수를 그렇게 체크했다. 그러나 쉽게 답이 보이지 않는다.

태홍이 고민하는 동안 강토는 스타니슬라스에게 선물을 안겼다.

"푸제아 로얄?"

스타니슬라스의 눈이 휘둥그레졌다.

"검증해 보시죠."

"검증이라니? 자네가 만든 건데. 하지만 너무 궁금하니까 맡아는 봐야겠네."

스슷.

스타니슬라스, 자신의 손목에 푸제아 로얄을 뿌렸다.

"아하."

바로 몽환 속으로 직행한다. 조금 날카로운 맛만 제외하면 ISIPCA의 그것과 구분하기 어렵다. 그리고 이 날것의 느낌은 시간이 해결할 일이었다.

"기어이 해냈군?"

"박사님 덕분입니다."

"내가 뭘? 자넨 회귀 향수 재현 전문으로 나서도 손색이 없겠어. 내가 메이저 향료 회사에 의견을 내보겠네."

"이 향수, 알프레도에게도 통할까요?"

"그라스로 돌아가면 바로 맛(?)을 보여 주겠네. 아마 몸이 달아 버릴 것 같군."

"그랬으면 좋겠네요."

강토가 웃을 때 태홍이 나왔다.

"박사님."

"오, 다 되었나?"

박사가 돌아섰다.

"……?"

태홍의 메모를 받아 든 스타니슬라스, 얼굴이 하얗게 굳어 버렸다.

태홍이는 대체 뭐라고 쓴 걸까? 강토의 촉도 그쪽으로 쏠려 갔다.

제9장

—

피렌체에서의 영감

"하트 노트가 뭔지는 알겠는데요, 그걸 물어보시는 건 아닐 거 같아서요."

태홍의 부연이 나왔다.

스타니슬라스.

그 말이 귀에 들어오지 않았다. 그의 오감은 태홍이 건네준 메모지에 있었다. 모두가 영어였다. 일부는 스펠링이 틀렸다. 하지만 그게 중요한 게 아니었다.

스타니슬라스의 눈이 메모를 훑어 나간다. 벌써 두 번째였다.

「파출리, 바닐린, 쿠마린, 살리실산염, 메틸이오논, 핼리오트로핀, 페닐에틸알코올, 앰브론산, 백합목, 시트로네롤……」

　세 번을 읽어 낸 스타니슬라스의 눈에 경련이 일었다. 그제
야 강토의 숨결이 고르게 나왔다. 나쁜 일은 아닌 것 같았다.
　"태홍."
　스타니슬라스의 입이 열렸다.
　"네."
　"왜?"
　스타니슬라스가 메모를 팔랑 흔든다.
　"향수들에 공통되는 성분들이었어요. 한두 개는 아니었지만."
　"공통?"
　"네."
　태홍의 시선은 무너지지 않는다.
　"그럼 말이야……."
　스타니슬라스가 자신의 손수건을 꺼내 놓았다.
　"여기서는 무슨 냄새들이 날까?"
　"재스민, 제비꽃, 그리고 모과와 머스크 향이에요. 아, 두 가
지가 더 있기는 하네요."
　"두 가지 더?"
　"암모니아 냄새, 그리고 담배 냄새요?"
　"……!"
　자기 손의 냄새를 맡아 본 스타니슬라스, 그 시선이 한 번

더 출렁거렸다.

재스민과 제비꽃, 모과와 머스크 향.

그건 마음의 평안을 위해 묻히고 다니는 것들이었다. 네 향은 모두 진정 작용이 있었다. 하지만 담배 냄새는 날 리 없다. 담배는 피우지 않기 때문이었다. 그럼에도 담배 냄새가 났다. 악수 때문이었다. 뒷풀이장에서 만난 인사들과 악수를 할 때 묻은 것이다.

암모니아는 소변에서 왔다. 그 또한 누군가 화장실을 다녀오고 손을 씻지 않은 채 스타니슬라스와 악수를 한 것이다.

"허헛."

스타니슬라스가 헛웃음을 터뜨렸다.

"다 틀렸나요?"

태홍이 물었다.

"아니, 다 맞혔어. 그것도 완벽하게."

스타니슬라스가 태홍의 어깨를 토닥거렸다. 만면에 환한 미소를 머금고서.

"굉장하군. 닥터 시그니처만은 못해도 내가 길러 낸 제자들 열 명 중에서는 앞줄에 꼽히겠어."

스타니슬라스의 답은 '인정'이었다.

태홍의 자질 인정.

"태홍아, 이제 인사 제대로 드려라. 스타니슬라스 박사님께서 네 자질을 인정해 제자로 받아 주시겠다는 거야."

강토가 태홍에게 말했다.

"앗, 정말요?"

"그럼."

"감사합니다. 박사님."

태홍의 고개가 활처럼 굽어졌다.

"조향사가 되는 길, 멋지고 아름답기만 한 일이 아니야. 거기에 이르는 과정은 땀과 눈물, 열정이 필요하지. 그럴 각오가 되어 있다면 학교 마치는 대로 날아오게나."

"네, 박사님."

태홍의 각오가 한 번 더 이어졌다. 강토가 한시름 더는 순간이었다. 스타니슬라스의 테스트를 통과함으로써 태홍에게는 자신감을, 박사에게는 신뢰를 지킨 것이다.

'자식.'

미소가 절로 나온다.

박물관에서의 모델 때도 그랬지만 지금도 태홍은 멋지다. 강토 눈에는 그렇게 보였고 먼 미래에도 그런 사람이 되어 주길 바랐다.

"이제 스케줄이 끝났나?"

스타니슬라스가 강토에게 물었다.

"미팅 요청이 한두 건 남았지만 거의 그렇습니다."

"그럼 아이리스 구경 좀 할 텐가?"

"그라스에서요?"

"아니, 이탈리아에 왔는데 프랑스까지 갈 필요 있나? 생각이 있으면 내가 피렌체에 사는 시빌로 박사를 소개해 주겠네. 지금쯤 아이리스가 한창일 걸세."

"아……."

강토 머리가 환해졌다.

아이리스.

그것도 피렌체 아이리스.

그 상상이 햇살이 된 것이다.

"어떤가?"

"박사님도 가시나요?"

"그러고 싶지만 나는 교육생들 때문에 자리를 오래 비울 수가 없네."

"그러시면 소개해 주세요. 피렌체 아이리스… 보고 싶네요. 태홍이와 상미에게 좋은 공부가 될 것 같고요."

"그럼 내일 떠나시게. 내가 시빌로 박사에게 얘기해 두겠네."

"감사합니다."

강토가 말했다. 그라스만큼은 아니지만 꼭 가 보고 싶은 곳의 하나였다. 아이리스의 본고장, 어떻게 끌리지 않을 것인가?

"아, 나도 가고 싶은데……."

울상이 된 건 한 사람이었다. 현아였다. 그녀는 국내 스케줄 때문에 내일 돌아가야 했다.

"네?"

울상이 된 건 메리언도 비슷했다. 그녀 역시 동행을 원했지만 헤이든과의 비즈니스가 남았다. 별수 없이 작별의 밤을 맞이하게 되었다.

"선물요."

그녀가 내민 건 희귀 향료들이었다.

"제가 닥터 시그니처를 위해 수배한 것들인데 마음에 들어요?"

"굉장한데요?"

강토가 웃었다. 색다른 향료들이 있었다. 조향사에게는 더없이 귀한 선물이었다.

"이번 매칭, 너무너무 좋았어요."

깊은 밤, 메리언 강토 품에서 말했다.

"나도요."

"다음에 만날 때는 당신의 프러포즈를 기대해도 될까요?"

메리언이 물었다. 그녀의 프러포즈였다.

"메리언."

"네?"

"나는 이미 프러포즈를 했어요."

"정말요?"

"그럼요. 하지만 다음에는 멋지게 형식까지 갖춰 볼게요. 기왕이면 최고의 향수를 만들어 바치며."

"그날을 기다리며 살아야겠네요."

"메리언……."

강토의 입술이 메리언을 덮쳤다. 그녀 역시 강토 몸이 터지도록 끌어안았다. 격렬한 키스 속에 달콤한 꿀이 흐른다. 마카롱과 메이플에 아세틸 푸란을 얹은 단맛보다 강하다. 질식할 것 같은 아찔함과 함께 밀라노의 밤이 깊어 갔다.

*   *   *

"헬로, 피렌체."

그 시작은 빨간 지붕이었다. 피렌체 거리의 건물들은 죄다 빨간 지붕. 통일감이라는 질서가 이렇게 멋진 줄은 여기서 알았다.

강토는 냄새부터 맡았다. 피렌체의 냄새를 기억하는 것이다. 재미난 것은 여기 단테의 생가가 있다는 사실. 블랑쉬가 탐독하던 사람의 하나였으니 기꺼이 들러 체취를 맡아 주셨다.

단테.

바래고 바랜 체취 분자를 찾아 기어이 후각망울 속으로 밀어 넣었다.

"태홍아."

"네, 선생님."

함께 감상하던 태홍이 대답했다.

"단테 냄새 나니?"

"헤헷, 솔직히 낡은 책 냄새 같은 것밖에는……."

태홍은 솔직하다.

다음으로 강토네를 유혹한 것은 저 유명한 가죽 시장이었다. 그 냄새가 강토를 '캐리'한 것이다.

그라스.

거기도 가죽과 무두질로 유명한 곳이었다. 그러니 블랑쉬와도 뗄 수 없는 냄새가 진동을 했다. 가죽 시장은 가죽의 신천지였다. 지상의 모든 가죽을 다 모아 놓은 것 같았다.

재미난 건 한국말이 많다는 것. 많은 상인들이 간단한 한국말을 하고 있었다. 상미가 지름신을 만나는 동안 시장의 중앙에서 가죽 냄새를 맡았다. 이런 기회는 흔한 게 아니니까.

더불어 몇 가지 가죽 띠를 구매했다. 신선한 말가죽과 양가죽, 그리고 토끼 가죽 띠 등이었다.

마침내 아이리스 농장에 닿았다.

"우와아."

태홍과 상미의 감탄이 그치지를 않는다. 몽환처럼 펼쳐지는 희고 푸른 아이리스들. 그 향기의 감동은 정말이지 천국과 다르지 않았다.

"나 여기서 살래."

상미가 자지러진다.

"꽃 먹으면서요?"

태홍이 묻는다.

"응."

"날씬해지겠네요?"

"그렇지? 역시 너는 뭘 좀 안다니까."

"그럼 여기서 노숙할까?"

강토가 부추긴다.

"진짜?"

"그런데 유럽에는 좀도둑이 많다던데?"

"……."

팩트 체크 앞에 상미가 무너진다. 유럽에 좀도둑이 많다는 얘기는 인터넷에 넘친다. 심지어는 차 문을 부수고 가방을 가져간다는 얘기도 많았다.

아이리스 향까지 미치도록 먹어 치우고(?) 시빌로 박사를 만났다. 그도 향 연구소를 가지고 있었는데 분위기가 알프레도의 것과는 달랐다.

"괜한 신세를 지게 되어 작은 선물을 가지고 왔습니다."

강토가 내민 건 푸제아 로얄이었다.

"푸제아 로얄? 스타니슬라스 박사님 말이 당신이 푸제아 로얄을 재현했다더니 그거로군요?"

"네."

"파리에서 시향 한 적이 있는데 똑같아요. 기막히군요."

그도 그 향을 알고 있었다. 기분이 좋아 어쩔 줄을 모르니 강토도 뿌듯했다.

그는 다양한 종류의 아이리스 향을 가지고 있었다. 피렌체 아이리스를 연구하다 보니 전 세계의 아이리스를 망라한 것이다.

"토스카나 지방의 아이리스 팔라다입니다. 그중에서도 특별히 거친 지역의 것이죠."

그가 자랑하는 향료가 나왔다. 아이리스는 메틸렌 성분의 제거가 중요하다. 그의 아이리스에는 메틸렌 성분이 단 한 분자도 남아 있지 않았다.

"굉장하네요."

강토가 엄지를 세워 주었다. 진심으로 마음에 드는 향이었다.

"스타니슬라스 박사님 입에 침이 마르더군요. 밀라노에서 향수 쇼를 하고 오는 길이라고요?"

"예."

"코리아라… 그쪽 약진이 눈부시네요. 우리 딸이 K—POP을 엄청 좋아하거든요. 돈 모아서 코리아에 간다고 난리도 아니에요."

"네……."

작업실에 들어서자 온갖 종류의 향내가 강토를 반겼다. 허브는 기본이고 싱그러운 스모키와 로즈메리, 미모사에 더불어 사이프러스의 까칠한 우디 향까지…….

"옛날 수도원에서 만든 불로장생환입니다. 한번 보시겠어요?"

박사가 낡은 갑을 열었다. 아몬드와 백합 향에 더불어…….

"뱀 냄새도 나는데요?"

"오."

"아닙니까?"

"맞습니다. 루도비코라는 수도사가 만든 불로장생약이라더

군요. 향은 아몬드와 백합이 주성분인데 여기서는 뱀이 주성
분이겠군요."

박사에게는 진귀한 것이 많았다. 그가 지하에 보관 중인 작은
항아리들도 그랬다. 고대의 냄새가 가득한 항아리를 열자 쿠민
과 시나몬 스틱, 노간주나무에 몰약이 깃든 향이 끼쳐 왔다.

그들 가운데 은매화와 빅토리아 연꽃 향도 있었다. 수천 년
이 지난 지금에도 그 향은 선명하도록 은은했다.

"이 향은 원래 달빛 냄새가 났다고 합니다. 수도사가 달빛
맑은 날에 딴 꽃으로 만든 거라나요. 후각이 뛰어나시다니 느
낄 수 있으신가요?"

박사가 배경 설명을 곁들였다.

"달빛도 냄새가 있어요?"

태홍이 먼저 코를 디민다. 강토는 선 채로 가만히 후각을
가다듬었다.

달빛과 햇빛.

그것들은 냄새가 없다. 하지만 우주처럼 느낌은 있다. 집중
하고 또 집중하니 뭔가가 아련하다.

마지막으로 오리스 앱솔루트를 감상했다. 이 향료의 몸값
은 다이아몬드급이다. 같은 무게의 금보다 서너 배는 더 비싸
기 때문이었다. 그렇기에 재벌급 고객이 아니면 말도 붙이지
않는다고 했다.

"귀한 푸제아 로얄을 받았으니 절반 나누어 드리겠습니다."

박사가 빈 병을 가져왔다.

"아뇨, 박사님."

강토가 그 손을 막았다.

"가져가세요. 이 향료로 빛나는 향수를 만들면 저도 후광을 받게 될 테니까요."

"그러시면 저는 아까 그 은매화와 빅토리아 연꽃 향이나 조금 나누어 주십시오."

"그 향이 마음에 들었군요?"

"네."

"셋 다 드리죠."

박사는 미안할 정도로 화끈했다.

그날 밤.

강토네는 특별한 호텔(?)에서 숙박하게 되었다. 아까 말한 대로 아이리스 꽃밭에서의 노숙이었다. 강토 말을 들은 박사, 두말없이 꽃밭을 주선하고 텐트를 내주었다. 흰 아이리스가 바다를 이룬 농장이었다.

"괜찮겠어?"

개별 텐트를 펼치고 상미와 태홍을 바라보았다.

"음, 이 정도면 9성급 조향 호텔 아닌가? 이런 데서 한번 자고 싶었어. 핏속까지 향이 물들도록."

상미의 표현은 역시 시적이었다.

"저도 좋아요."

태홍도 기대감이 넘친다.

강토는 아이리스꽃 속으로 걸었다. 때마침 달빛이 맑은 날이었다. 달빛은 푸르다. 흰 아이리스를 보면 알 수 있다.

박사가 준 빅토리아 연꽃 향을 열었다. 달빛을 받자 연꽃 향이 생기를 더했다.

착각일까?

그렇다고 해도 놀라운 경험이 아닐 수 없었다. 달을 향해 연꽃 향을 아낌없이 방출했다. 달을 안고 내려오는 향수에는 더 깊은 달빛 향이 서렸다.

달빛.

빚어낼 수 있는 향일까?

핸드폰을 꺼냈다. 달과 관련된 두 개의 클래식을 찾았다. 하나는 베토벤의 월광이고 또 하나는 드뷔시의 달빛이었다. 노래를 틀었다. 어슴푸레한 달빛 아래, 그 빛을 향으로 키워 가는 흰 아이리스, 그리고 두 개의 클래식……

강토는 드뷔시에 꽂혔다. 베토벤의 연주는 어쩐지 무거웠다. 비통과 비장미가 엿보인다. 좋게 봐도 애련함이다. 달빛 향수와는 조금 먼 느낌이었다.

드뷔시는 달랐다. 음색이 포근하고 서정적이며 신성함까지 깃들었다. 달빛의 이미지와 딱 맞아떨어지는 선율이었다.

볼륨을 살짝 높이자 달빛이 더 선명해진다. 아이리스 향도 덩달아 진해진다. 내친김에 은매화 향까지 열었다. 강토는 영

감에 취했다. 그대로 꽃밭에 누웠다. 연주는 무한 반복으로
설정했다. 이 영감을 뼛속까지 저장해 두고 싶었다.

얼마나 지났을까?

문득 눈을 떴을 때 달은 강토 코앞에 있었다. 물 기운을 머
금은 낮은 상쾌함. 무자극이면서 영혼에 끼쳐 오는 투명한 정
화의 향.

「달빛 향수」

어쩐지.

만들 수 있을 것 같았다.

메리언.

그녀를 위한 프러포즈로도 제격 같았다.

패션쇼보다 짜릿한 영감에 강토가 벌떡 일어섰다. 모두가
잠든 피렌체의 밤. 강토 혼자만 달빛 아래 우뚝했다.

『달빛 조향사』 10권에 계속…